愛されていないけれど結婚しました。

～身籠るまでの蜜月契約～

プロローグ

彼に他に好きな人がいるのはわかっていた。

「ロバート様とキャロライン様、お似合いよね」

「お二人とも頭が良くて、並んでいると華があるものね」

「でも結婚はなさらないみたいよ」

「そうなの？　残念」

「あなたたち、私語をするならここから出て行きなさい」

司書の先生に注意され、お喋《しゃべ》りな女の子たちが図書室を後にすると、気配を消すようにして本を読んでいた女子生徒——シンシア・メイソンはようやく自由になれた気がした。

（お似合い、か……）

彼女たちが話していた相手はシンシアの婚約者だった。

ロバート・カーティス。

さらさらとした黒髪に神秘的な紫色の瞳を持った、端整な顔立ちの男子生徒で、頭も運動神経も良く、男女問わず慕われていた。

代々受け継がれる高貴な血を引く王侯貴族や、商売で巨額の富を築いた金持ちの子どもが通う学園において、彼のように注目を集めることはなかなか難しい。それだけ彼が優秀だとも言えた。対してシンシアは、少しウェーブがかった亜麻色の髪に、平凡な茶色の瞳をした、特にこれといった特技を持たない地味な少女だった。親しい友人も、一人もいない。

自分とは正反対の学園の人気者である彼が、シンシアと婚約していることを、ほとんどの人間は知らない。

なぜなら学園にいる間、ロバートがシンシアに話しかけることはなく、彼女も極力彼の視界に入らないよう気をつけていたから。二人とも、互いが婚約者であることを隠していた。

「結婚するまでは、好きにさせてほしい」

それが、婚約者となったロバートと最初に交わした約束だった。

彼が自分と結婚するのは、父であるメイソン伯爵から頼まれたからだ。

ロバートの実家——カーティス侯爵家はメイソン家と古くから深く結びついている。窮地に陥《おちい》った時はメイソン家が支援した過去もあり、現在も両家が共同で進めている事業があった。もたらされる利益は莫大《ばくだい》なもので、カーティス家がさらなる富と名誉を得るためにもメイソン家との繋《つな》がりは絶対に絶ち切るわけにはいかなかった。

だからロバートは、シンシアのことが好きでなくても、本当は他の女性と結婚したくても、我慢するしかないのだ。

「もう閉館ですよ」

「あ、はい」

シンシアは全く内容が頭に入ってこなかった本を棚に戻し、帰り支度を済ませて図書室を後にする。

(あ、ロバート様だ……)

三階の渡り廊下で背の高い男子生徒の姿が偶然目に留まり、シンシアは足を止めた。

ロバートの隣には腰まで真っ直ぐに伸びた赤髪の美しい女性がいた。

キャロライン・スペンス。

ロバートの好きな人。彼が本当に結婚したい人だ。

二人は親密な様子で語り合い、口もとには笑みを浮かべていた。そうしてロバートが顔を寄せたかと思うとキャロラインが身を引き、そんな彼女を逃がさないように彼が強く抱きしめた。

シンシアは見てはいけないものを見てしまったと、すぐにその光景から目を逸らした。その場に腰をおろし、鞄《かばん》を強く握りしめる。

(ごめんなさい……)

婚約者が他の女性と逢引《あいびき》している場面を見たにもかかわらず、彼女の胸に湧いたのは罪悪感だった。

自分の価値は、自分が一番よく理解している。

ロバートに釣り合うものを、キャロラインに敵《かな》うものを、シンシアは何一つ持っていなかった。

「お帰りなさいませ、お嬢様」

誰にも見つからないよう、細心の注意を払いながら寮の自室へ帰ってきたシンシアを、メイソン家からついてきたメイドが出迎えた。彼女はシンシアの身の回りの世話をするだけでなく、日頃の素行を親へと報告する大事な役目も任されている。

貴族の淑女にとって、貞潔を守ることは何より大事なことだから。

他の子たちも同じで、異性と間違いを犯さないよう、一日中男性の従者が見張っている場合もある。もちろん彼らが手を出すのは決定的な時だけであり、それ以外は他人の振りをしておくのが暗黙の了解であった。

「旦那様から、週末にはお帰りになられるよう手紙が届いております」

「……そう」

メイドの言葉にシンシアは憂鬱《ゆううつ》な気分になる。

学園に通う者は普段寮住まいであるが、週末には届け出を出して家へ帰ることができる。家族に会えることを楽しみにして、大半の生徒は喜んで実家へ帰っていく。

しかしシンシアは家へ帰るのが億劫《おっくう》であった。後妻となった継母と顔を合わせることもだが、父と話さなければならないことが特に。

父は厳格な性格で、間違いを犯す者に理解を示さないという冷淡さを持っている。

シンシアが幼い頃に母を病気で亡くし、隣国の貴族だった継母と再婚して以来、父が苦手だと思う感情に拍車がかかった。継母との間に半分血の繋《つな》がった妹や弟ができると、いよいよ自分の居場所がなくなった気がした。

（ロバート様のことで、呼び出されるのかしら）

婚約者が愚かな道を突き進まないよう、きちんと心を掴《つか》んでおけと。でも心配しなくたって、彼はきちんと約束を守るはずだ。もし破られたとしても、シンシアは別に構わなかった。

（そうなった方が、むしろいいのかもしれない）

ロバートとの結婚生活が上手くいくとは、到底思えなかった。きっと彼はキャロラインのことを忘れられない。それに、親になる自信もなかった。

今の自分はあまりにも頼りなく、誰かを守れるほど強くなかったから。


（あ——）

放課後、いつものように図書室で本を開いていると、会ってはいけない人たちが足を運んできた。

「ロバート、見て。児童書があるわ」

「キャロラインは子どもっぽいな。児童書なんて子どもが読むものだろ」

「そんなことないわ。大人が読んでも面白いものよ」

どうしてここに。……いや、二人だって図書室に来ることくらいあるだろう。

（見つかったら、お互いに気まずくなる）

だからその前に図書室を出ようと、シンシアは入り口を目指す。大丈夫。二人とも自分の存在などまるで気づいていない。もう少し。あと少しで——

「ねぇ、待って」

ぎくりとする。掴《つか》まれた手を振り払うこともできず、恐る恐る振り返れば、自信に満ち溢《あふ》れた顔がこちらを見つめていた。

「これ、あなたの本ではなくて？」

「……いいえ。もとから置いてあったものです」

か細く、震えそうな声で返答する。ロバートの方を見ることは、当然できなかった。

「あら、そうなの。引き止めてごめんなさい」

「いいえ、気になさらないで」

まだ何か言いたそうなキャロラインから逃げるように背を向ける。

心臓がばくばくとうるさく鳴り響いていた。

「なんで話しかけたんだよ」

「だって、どんな子か知りたかったんだもの」

聞きたくないのに耳に届いてしまう。せめて図書室を出るまで待っていてほしいのに。

自分がいないところでなら、いくら馬鹿にしても、嘲笑《あざわら》っても、構わないから。

「でも、案外普通の子ね」

恥ずかしいという気持ちが胸に溢《あふ》れて、泣いてしまいそうになった。唇を噛んで、必死に堪《こら》える。

「あなたの婚約者だから、もっとすごい人かと思っていたわ」

自分もそう思う。

（なんでわたしなんかがあの人の婚約者になってしまったんだろう……）
惨《みじ》めで、消えてしまいたかった。

第一章　結婚生活

「ロバートとは上手くやっているのか」

週末。メイソン家へ帰宅すると、シンシアは父の書斎に呼ばれた。

「はい、お父様」

父と話す時、いつも緊張する。失敗するな。失望させるな——そう、彼の目は告げているから。

だから到底上手くいっているとは思えなかったけれど、はいと答えるしかなかった。

「では、なぜもっと一緒にいない」

「結婚するまでは、お互いの時間を大切にしようと二人で話し合ったんです」

予《あらかじ》め考えていた台詞《セリフ》を答える。父は嘘をついていないかどうか、じっと見定めてくる。

（知らない人みたい……）

父の容姿は、シンシアとほとんど似ていない。唯一の共通点と言えば、茶色の瞳くらいだろう。

その他は何もかも違う。何でも完璧にこなし、他者を服従させる圧倒的な強さがある。

弱味を少しでも見せれば、シンシアは見放されるような怯《おび》えを抱いてしまう。異母妹や異母弟は何の緊張もなく無邪気に父に接しているが、自分にはとても無理だった。

今だって、気の利いた一言さえ発することができないのだから。

「そうか。だが、もう少しロバートと話す機会を増やしなさい」

「はい。そうします」

「他に困っていることはないか」

「いいえ。特にありません」

「……では、もう部屋へ戻りなさい」

父はこれ以上話しても時間の無駄だと判断したのか、話を打ち切った。

シンシアは重い足取りで父の書斎を後にする。途中でふと足を止めて窓の外を見れば、継母の子である弟や妹たちが楽しそうに遊んでいる光景が目に映った。

「あら、お姉様。帰ってきてたの？」

ぼんやりと眺めていたら、シンシアの向かいから妹の一人が駆け寄ってくる。

「ええ。お父様とお話しすることがあって」

「ロバート様のこと？」

「えっと……」

「あーあ。いいなぁ、お姉様は。あんな素敵な人の奥さんになれて。私がロバート様の花嫁さんになりたかった」

シンシアがどう答えるか迷っていると、窘《たしな》めるように妹の名前が呼ばれた。振り返れば、美しく着飾った女性が眉根を寄せて近づいてくる。

「めったなことを言うものじゃありません」

「でもお母様。メイソン家の娘なら、私が選ばれてもいいでしょう？」

「あなたとロバート様だと歳が離れているから、シンシアの方がちょうどいいんですよ」

「ロバート様みたいな方だったら、歳の差があっても別に構わないわ」

「またそんなことを言って……心配せずとも、あなたにもとびっきりの婚約相手をお父様が見つけてくれますよ」

「本当？」

「ええ。当たり前でしょう。あなたは私たちの可愛い娘なのだから」

母親の言葉に妹はくすぐったそうに頬を緩《ゆる》め、はにかんだ。

「ふふ。じゃあ楽しみにしているわ」

「ええ、楽しみにしていらっしゃい。それより、そろそろお食事の時間だから、食堂へ行きなさい」

「はーい」

ぱたぱたと駆けていく妹は、まだ淑女ではなく、少女の段階だ。ぼんやりとその後ろ姿を見ていると、継母が申し訳なさそうな口調で謝ってくる。

「ごめんなさいね、シンシア。あの子が失礼なことを言ってしまって」

「大丈夫です。気にしていません」

「そう？　ならいいんだけれど……」

ふと沈黙が流れ、継母が必死で会話を探そうとしているのが伝わってくる。

「それで……夕食はどうしましょうか。私たちと一緒に食べるなら、すぐに用意させるけれど……」

「いいえ。せっかくですけれど……疲れてしまったので、夕食はいりません」

そう言うと、彼女は露骨にほっとした表情を浮かべた。

「わかったわ。じゃあ軽いものだけでも後で部屋へ運ばせるわ」

「ええ。そうしてもらえると助かります」

継母と別れると、シンシアはもう一度窓の外へ目をやった。

子どもたちはまだ遊んでいたが、ちょうどナースメイドが終わりを告げたようだ。ボールやラケットを放り出し、彼女の腕の中へ飛び込んでいく。そして嬉しそうに顔を綻《ほころ》ばせて、何かを一生懸命伝えていた。この後彼らは食堂へ行き、そこでまた両親に今日一日の出来事を語って聞かせるはずだ。

シンシアは目を閉じてその先を想像しまいとしたが、瞼《まぶた》の裏に弟妹たちの笑顔が勝手に描かれていく。我が子の話に真面目な顔で耳を傾ける父と、優しい目をして相槌《あいづち》を打つ継母の姿も。

幸せな、家族の光景だった。

（早く帰りたい……）

帰る場所もないのに、シンシアはそう思うのだった。

◇

「シンシア。少しいいか」

放課後、帰ろうとしたシンシアは、突然ロバートに呼び止められた。彼は人気《ひとけ》のないところまで行くと、シンシアの目を真っ直ぐに見つめながら口を開く。

「メイソン伯爵に何か言った？」

シンシアはロバートの目が怖くて、うつむきがちになって答えた。

「……あなたと上手くやっているかどうか、聞かれました」

「ああ、それでか」

一人納得した様子でロバートは苦い顔をする。

怒らせてしまったと思い、シンシアは言い訳の言葉を探す。

「上手くいっていると、答えたんですけれど……」

「きみの言葉より、メイドからの報告を信用するだろう。きみの父親は」

「そう、ですよね……ごめんなさい」

ロバートはため息をつき、くしゃりと前髪をかき上げた。

「面倒なことになったな……」

「あの、ごめんなさい」

「謝っていても、解決にはならないだろう」

その通りなので、何も言えない。彼はしばらく考えていたが、仕方がないというように提案した。

「きみと過ごす時間を作ろう。そうすれば、メイドもその通りに報告するはずだ」

シンシアは顔を上げて、首を横に振った。

「そんな、悪いです。あなたの時間が無駄になってしまう……」

「きみの父親の機嫌を損ねればもっと面倒なことになるから、無駄ではないさ」

「でも……」

「きみは放課後、何をしているの？」

うじうじと悩むシンシアを放って、ロバートはさっさと話を進めていく。

「図書室で過ごしています」

「毎日？」

こくりと頷く。婚約者なのに、互いが何をしているか全く知らない。ロバートはシンシアに興味がないから。

「じゃあ俺もその時間、一緒に過ごそう。しばらく毎日二時間くらいそうして過ごせば、十分だろう」

「……キャロライン様は、いいんですか？」

シンシアが思いきって尋ねれば、ロバートは眉根を寄せた。

聞いてはだめだったのかもしれない。でも、彼女の気持ちを無視してしまえば、もっと怖いことが起こりそうで、シンシアは引けなかった。

「わたしと一緒に過ごせば、きっと彼女は――」

「彼女のことはいい」

「でも」

「仕方がないことだと、理解している」

それ以上彼女のことには触れるなという拒絶を感じて、シンシアは口を閉ざすしかなかった。

それからロバートと一緒に過ごす時間が増えた。

彼はたいてい遅れて図書室にやってきた。シンシアは毎回早く席について彼を待っていた。面倒事に付き合わせてしまって、申し訳なかったから。

彼を入り口で見かける度、教師が入ってきたかのような気持ちになる。

何か言葉をかけようかと悩んでも、何も言わなくていいと目で制されて、結局じっと本の文字を眺めていた。

会話することはほとんどなかった。傍《はた》から見ても、ただ近い席に座っているだけに見えたことだろう。息が詰まりそうだった。読んでいる本の内容なんか、ちっとも頭に入ってこない。

けれど苦痛を覚えているのはロバートも同じだろう。

時間が来ると、サッと立ち上がって、何も言わず一人図書室を出て行ったから。その後ろ姿は退屈な授業がやっと終わり、颯爽《さっそう》と講義室を出て行く生徒たちとそっくりだった。

図書室の外にはキャロラインがいた。ロバートの顔を見ると、ほっとしたように頬を緩《ゆる》ませる。

こちらからは見えないが、きっと彼は申し訳なさそうな表情をして微笑んでいるはずだ。

（こんなことをして、意味があるのかしら）

父だってわかっているはずだ。結婚と恋愛は別。

籍を入れるまでは誰と付き合おうと黙認するのが、この学園での常識だと。

無理矢理引き剥《は》がそうとすればするほど、相手への気持ちが抑えきれなくなって、選択を誤ってしまう危険があることを、大人である父はわかっていない。

「——シンシアさん。ちょっといいかしら」

ある日の放課後。咎《とが》めるような鋭い声で呼びとめられ、シンシアはびくっと肩を震わせた。振り返り、キャロラインの姿に驚くも、心のどこかではやっぱりと思う自分もいた。

「話したいことがあるんだけど」

「……はい」

キャロラインはシンシアを人気《ひとけ》のないところへ連れていった。ロバートと同じだ。

しかし彼と違い、なかなか用件を言い出さなかった。ようやく口を開いたかと思えば——

「あなたみたいな人、私嫌いだわ」

端的に、そう告げられた。

いつかこういう日が来ると覚悟していたが、攻撃的な言葉——キャロラインには一切そうしたつもりはなく、ただ事実を述べているだけかもしれないが、シンシアは心臓にいきなり刃物を突きつけられた気分だった。

「何の努力もしないで、ただ家の関係だけでロバートと一緒になることができる。それならそれで喜べばいいのに、自分は不幸ですって暗い顔をしている」

頭の中が真っ白になって、馬鹿みたいな表情で彼女の顔を見つめることしかできない。

「あなたみたいな人と結婚しなければならないロバートが可哀想」

（わたしも、そう思う……）

「黙ってないで、何か言ったらどう？」

「……ごめんなさい」

何か言わなきゃ、と思って絞り出した言葉は、かえってキャロラインを苛《いら》つかせるだけだった。

「またそうやって卑屈になって。謝れば済むと思っているの？」

違う。そんなこと思っていない。

（どうすればいいかわからないの）

そうした気持ちを説明できないシンシアに、キャロラインはもういいと言うようにため息をついた。

「とにかく、もう少し努力してよ。そうでないと納得できないし、諦めきれないわよ」

言いたいことをすべて言い終わると、キャロラインは颯爽《さっそう》と去っていた。

シンシアは力が抜け落ちたようにその場に蹲《うずくま》り、涙を膝の上に落とした。

助けてほしいと思っても、そばには誰もいてくれない。

（そもそもわたしは、何を助けてほしいんだろう……）

それすらわからない今の自分の状況に、乾いた笑いが漏れた。

「ロバート様」

その日、キャロラインは図書室の外にいなかった。

だからシンシアはロバートに少しだけ時間を作ってもらった。

「何だ」

「……わたしと、本当に結婚なさるつもりですか」

ロバートは何を今さらと呆れた様子でシンシアを見る。

「これは家同士が決めたことだ。俺に決定権はない」

「わかっています。でも」

「キャロラインだって、俺以外のやつと結婚する」

シンシアは目を見開いた。

「そんな……」

てっきり彼女はロバートへの気持ちを貫《つらぬ》くと思っていた。そんなシンシアの考えを、ロバートは笑った。

「きみは子どもだな」

「わたしは……」

「大人はみんな割り切って生活している。きみの父親だって、そうだったろう?」

母が亡くなって、後妻を娶《めと》った父。二人の間にはたくさんの子どもたちがいる。子の数が愛情の証《あかし》だとは思わないが、父と継母が何度もそういった行為をしたことは確かだった。

「……そう、ですね」

「だろう。俺の家はきみとの結婚で得られるものに不満はない。きみの家だって、そうだ」

(他に好きな人がいても？　わたしを愛していなくても？)

けれどそうした疑問を、彼は疎《うと》ましく思うだろう。だから何も言わず、黙って頷いた。

「結婚して、子どもを産んだら、自由にしていい。だからそれまでは我慢してくれ」

それはロバートにも言えることで、シンシアはもう何も返せなかった。

結局それから、父はロバートと上手くやっているようだと判断し、義務的な交流は毎日ではなく、週に何度かのものとなった。

それも次第に途絶え、ロバートとキャロラインの仲がまた学園内で話題になったが、二人にそれぞれ婚約者がいることが発覚して、非難する者たちも少なからずいた。

しかし同じことをやっている者は他にもおり、学園に在籍している間の、ほんの束の間の自由に溺れる時間を止めることは誰にもできなかった。

◇

卒業して一年後、シンシアはロバートと結婚した。

「きみには友人があまりいないんだな」

結婚式を終えて、寝台に腰掛けたロバートが口を開く。

「ええ。あまり話すのが得意ではなくて……」

たくさんの視線に晒《さら》されて身も心も疲れ果てていた。それでもまだすべきことが残っていた。これを果たさなければ彼の妻になったとは認められない。

「社交界で苦労するんじゃないか」

「あなたのお義母様《かあさま》に紹介していただいたご友人がいるから……たぶん、大丈夫です」

「たぶん、か……」

「その……」

「きみはいつも自信がないな」

「ごめんなさい……」

「すぐに謝るところもそうだ」

頬に触れられ、顔を上げさせられた。

彼の瞳は真っ直ぐに自分を見つめており、シンシアは逃げ出したくなる。

「逸らさないで」

彼の端整な顔が近づいてくる。息を肌に感じる。唇がほんの一瞬触れたかと思うと、もう一度押し付けられ、どんどんとその時間が長くなっていく。

「口を開けて」

言われた通り、彼女はおずおずと口を開いた。

閨《ねや》のことは夫に従うこと。そう教えられていたから。

それに夫婦の営《いとな》みをするというより、手術を施《ほどこ》される気分であった。大人しく、従順にしなければ失敗して、恐ろしい目に遭う。そんな感情……

「んっ……」

肉厚な舌が捻《ね》じ込まれてきたかと思えば、歯列をなぞり、シンシアの舌をつついてくる。彼女はびっくりして自分のそれを引っ込めようとしたが、ロバートは許さず、そのまま搦《から》め取ってしまう。まるで食べられてしまうかのような恐怖とそれ以外の未知の感覚に襲われ、思わず彼の肩口の袖を掴《つか》んだ。

（こんな……）

彼女は苦しくて、ロバートを引き剥《は》がそうとした。

「鼻で息をするんだ」

恥ずかしいと思ったが、その通りにする。彼の息と自分の息を肌で感じると、彼女の頬は熱く、頭の芯が痺《しび》れていくのを感じた。

気づけば、ぐったりとロバートの腕の中にもたれかかっていた。彼は後ろからシンシアを支えながら、身体を弄《いじ》り始める。

最初は落ち着かせるためだと思っていたが、胸を際立たせるようにし、太股の付け根をゆっくりとなぞる指先に、次第にぴくぴくと反応してしまう。

「はぁ、はぁ……んっ……」

呼吸が浅くなって、時折堪《こら》えきれず鼻にかかったような声を上げた。恥ずかしい。意識しまいと身体に力を込めると、余計に感じてしまう。

彼のこの行為には何の意味があるのだろう。

シンシアは尋ねたかったが、彼の心情を害してしまいそうで、必死に耐える。けれど――

「あっ……」

ワンピース型になっている夜着の裾から手をもぐり込ませ、ロバートは直接シンシアの肌へと触れてきた。服の上からと違い、彼の大きな掌《てのひら》は生き物のようで、皮膚を粟立《あわだ》たせる。それが怖くもあり、しかしもっと感じてしまう自分がいた。

「下は穿《は》いていないのか」

「メイドが、穿《は》く必要はないと、言ったので……」

「なるほど。それもそうだ」

薄紫色の布地の下で不自然に盛り上がり、這い回っているのはロバートの利き手。もう片方の手は――

「まって、ロバート様」

シンシアは、自分の胸の形をぐにゃりと変えていた手を思わず掴《つか》んでしまう。

「どうした？」

「あの、いえ……」

「大丈夫だ。夫婦となる者はみんなやっている」

「んっ、でもそこはっ……！」

太股をなぞっていた彼の指先がたどり着いた先は、シンシアにとって触れてはいけない場所だった。

「そこも、触らないとだめなのですか」

「……ああ。触らないと、だめなんだ」

そんな……と彼女は絶望しそうになった。

シンシアの心中を余所《よそ》に、ロバートは割れ目をなぞり、その上にある小さな突起をつついてくる。何度も、何度も。その間右手はお腹や胸をさすり、首筋には彼の熱い息が吹きかけられて、シンシアの小さな悲鳴と重なっていく。

「濡れてきた……」

ロバートの指摘にシンシアは動揺した。粗相をしてしまったと思い、もがいて逃げようとすれば強く抱きしめられて、大丈夫だと囁《ささや》くように耳元で言われる。

「触ると、濡れてくるんだ」

「うそ……」

「嘘じゃない」

ロバートの言葉を証明するように、くちゅくちゅという水音が聞こえてきて、お腹の奥がむずむずしてくる。

（なに、なんだか……）

「ロバート様……んっ、わたし、変です。何か……あっ、いや、こわい、やめて、おねがい、手をとめてっ」

「大丈夫、そのまま身を任せて……」

小さな突起が次第にぷっくりと膨らんでいく。シンシアの口から漏れる声は甘く、はしたない音がどんどん大きくなっていく中、熱い何かが迫ってくるのを感じた。

「あっ、だめっ……、もう、もう……、ぁんっ――」

シンシアは背をのけ反らせ、ガクガクと身体を震わせた。頭の中が真っ白になり、気怠《けだる》くも、心地よい疲労感に包まれる。

（わたし、いま……）

「それが女性の快感だ」

ロバートにじっと見下ろされていたことに気づき、シンシアは恥ずかしさで火照《ほて》った顔をさらに赤くさせた。今度こそ彼の腕から抜け出そうとすれば、お尻のあたりに何かが当たっているのに気づいた。

「あの」

「これからが本番だ」

彼はシンシアの服をすべて脱がせ、自身もまた夜着を脱ぎ捨てた。男性の裸などそれまで見たこともなかったシンシアは、思わず顔を逸らしてしまう。

彼はシンシアを寝台の上へ寝かせると、綺麗なお椀型の乳房を片手で揉みしだく。

「んっ……」

顔を近づけられ、また舌が入りキスされる。残りの手で太股を撫で、突起をいじられたかと思えば、秘裂を割って指が中へ入ってくる。異物の侵入にシンシアは怖くなり、閉じていた目を開けて縋《すが》るようにロバートを見つめた。彼もまた、じっと自分を見つめていた。

「大丈夫。もう一度、感じればいいんだ」

彼女は夫を信じて、頷いた。

「ううっ……」

中は狭くて、痛くて、彼の指をきゅうきゅう締め付けてしまう。でも粗相をしてしまった時のようにぐっしょりと濡れていて、彼に襞を擦《こす》られるとさらに蜜が溢《あふ》れ出てくる。

「はぁ、はぁ……」

身体はじっとしてくれず、シンシアはもどかしげに身をくねらせ、ロバートの指先から逃れようとする。それを許さないと言うように彼は伸しかかり、しっとりと汗ばんだシンシアの肌を押さえつけた。

「んっ、ぁっ、いやぁっ……」

お腹の内側を撫でられ、シンシアは身体を大きく痙攣《けいれん》させた。今度は一回目の時のように上手く達することができず、もどかしさだけが残る。

（もう、むり、動けない……）

疲れてぐったりと目を閉じて息をするシンシアを余所《よそ》に、ロバートが身体を起こし、シンシアの両膝を掴《つか》んだ。

「ロバート様？」

ぐいっと大きく開かされた脚。そこに見える景色をロバートはじっと眺めている。まさかそんなことをされるとは思わず、シンシアは慌てて身を起こし、脚を閉じようとした。

「閉じるな」

彼女は嫌だと、とっさに首を振ってしまう。

「ロバート様。そんなところ、見てはいけません」

「見ないと入れられない」

何を……と彼女は彼のそれを見て言葉を失った。

「これを、きみのここに挿入《いれ》る」

蜜で濡れた花びらをなぞられ、彼女はごくりと唾を呑み込む。

「む、むりです。そんな大きいもの、入りませんわ……」

「大丈夫だ。ゆっくり挿入《いれ》るから」

ロバートは尻込みしたシンシアの身体を引き寄せ、蜜口に先端部分をぐちゅりと押し付けた。そこはシンシアの愛液でぬらぬらと濡れており、滑って赤い突起をつつかれる。そうすると得も言われぬ快感に襲われ、シンシアは熱い吐息を漏らした。

何度かそうしたあと、ロバートはぐっと熱い塊を中へ押し込んでくる。快感が引き裂くような痛みに変わり、シンシアは悲鳴を上げた。

（いたい、やめて、こわい……）

でも決してやめることはできない。

だってロバートと結婚したから。これが自分の果たすべき役割だったから。

「もう少し、力を抜いてくれ……」

ロバートが苦しそうに言う。

「できない……どうすればいいの……」

痛みでボロボロと涙を流すシンシアを見つめていたロバートは顔を寄せ、口づけしてきた。彼女はそれが唯一痛みから抜け出す方法ならばと、必死で彼の舌を自分のそれと絡め、吸い付いた。口から零《こぼ》れた唾液をロバートが舐め取り、首筋や白い胸元に舌を這わせた。

そうこうしているうちに剛直はゆっくりと奥へ進み、シンシアの隘路《あいろ》をこじ開けていく。

「はぁ、全部、はいった……」

彼女は痛くてたまらず、ロバートの背中に腕を回した。

「ロバート様、いたい……」

今この場で自分を救ってくれるのは彼しかいなかった。

助けて、と彼女は幼子のようにロバートに訴える。

「しばらく、じっとしているから……」

ロバートはぎゅっとシンシアの身体を抱きしめ、彼女の亜麻色の髪を撫でた。すると硬く凝った胸の尖りが呼吸と共に擦《こす》れ、彼女はロバートのものを締め付けてしまう。

うめき声を上げた彼は顔を上げ、汗ではりついたシンシアの前髪をかき上げる。

「そろそろ、動いていいか」

本当はこのまま抜いてほしかったけれど、それでは終わらないのだろうと思い、シンシアは小さく頷いた。

「はぁっ、はぁっ……っ……」

荒い息を吐きながらロバートは肉杭を奥から浅いところまで引き抜き、また中へと押し入れる。媚肉を擦《こす》られ、とろりとした蜜が出てくると、ぐちゅぐちゅと淫靡《いんび》な音が鳴り、シンシアの蜜口から溢《あふ》れ、尻をつたってシーツを濡らした。

「んっ、んっ、ぁっ……」

シンシアは必死でロバートにしがみつき、彼は汗をぽたぽたとシンシアの肌に垂らしながら、抜き挿《さ》しを繰り返した。寝台がぎしぎしと揺れ、二人の荒い息が部屋の中を満たす。

「はぁ、はぁ、出すぞっ……！」

「はい、んっ、あっ、ああっ……」

最奥に熱い飛沫《しぶき》が注がれたかと思うと、ロバートはシンシアをいかせた突起をぐりぐりと刺激する。もどかしい思いを抱えていた彼女は、それによってびくびくっと身体を震わせた。中が締まり、ロバートのものをさらにきつく締め上げる。

「あぁ……」

彼はすべての力を使い果たしたというようにシンシアの隣に身体を沈め、浅い息を吐き出した。シンシアもズキズキとした痛みを覚えながら、深い疲労感でぐったりと目を閉じて呼吸を整える。

(これが子どもを作る行為……)

そして愛する人と行うもの。

でもロバートにはシンシアの他に好きな人がいる。

(こんなことを、子どもができるまで……)

シンシアには、それがとても果てしない道のりに思えた。

破瓜《はか》の痛みが治まると、ロバートはまたシンシアを抱いた。それから数日おきに、体調のよい日は一回の行為で二、三度精を放つこともあった。当然彼女は拒まず、夫のなすがままに身体を差し出し、与えてくれる痛みと快感を享受した。

「あっ、あっ、ああっ――」

初めは陰核でしかいけなかったシンシアだが、回数を重ねるうちに中で達することも増えてきた。

「今は、中でいった?」

「はぁ、はぁ、はい……中で、いきましたわ……」

シンシアはなぜ彼が毎回そんなことを尋ねるのか疑問にも思わず、素直に答えた。

彼女にとってロバートは無意味なことなどしない完璧な人間であり、彼の言動はすべて、世の夫婦が行う模範的な行動だと思っていたから。

「どこに触れられたのが、一番気持ち良かった?」

「それは……」

「教えて」

「……ここが」

「どこ？」

じっと見下ろしてくるロバートの視線に耐えきれず、彼女は目を伏せて、先ほどまで散々弄《いじ》られた、ふっくらとした尖りを指先でそっと触れてみせた。

「ここが一番よかったのか」

「……はい」

小さく、か細い声で肯定した。

「弄《いじ》ってみせて」

「えっ？」

「俺がやったみたいに、今度は自分でやるんだ」

「そんな、どうして……？」

シンシアが戸惑って見つめても、ロバートは強い目で答える。

「俺が仕事でいない時、自分で慰《なぐさ》める必要があるからだ」

「そんな……その時は我慢しますわ」

「我慢は身体に良くない。いいからやってみせて」

シンシアは泣きそうになりながらも、ロバートに逆らうことができず、言われたとおりに実行した。

けれど上手くできず、泣きながらロバートに助けを求めれば、彼はシンシアが許しを乞うまで指でいかせ、きみは淫乱だと耳朶《じだ》を嬲《なぶ》りながら告げた。そしてもっと気持ち良くさせてやると言い、脚をうんと大きく開かせ、シンシアの秘所を舌先でペロペロと舐め始めた。

「やだ、ロバートさま、ぁんっ、そんなとこ、舐めないで……っ」

何度恥ずかしいからやめてと懇願しても、ロバートは聞き入れてくれない。むしろシンシアが嫌がれば嫌がるほど、ますます執拗《しつよう》に蜜口を舐め、舌を割れ目の奥へと捻《ね》じ込んでくる。

舌のざらざらした感触は濡れていないと痛く感じるが、シンシアのそこはぐっしょりと濡れそぼっており、肉棒を挿入されるのとはまた違う快感をもたらした。

「んっ、んっ、あぁっ、だめっ、ロバートさまっ、もうおやめになって、あぁっん……！」

花芽と一緒に刺激を与えられ、シンシアは何度目かわからない絶頂を味わった。もう休ませてほしいと懇願しても、彼は熱い昂《たかぶ》りを挿入して、中をねっとりとかき回してくる。

そのおかしくなるほどの快感に、シンシアは普段からは考えられない甲高い悲鳴をひっきりなしにあげた。そしてロバートに気持ちいいかと聞かれ、深く考えず気持ちいいと答える。

さらにすでにぐずぐずに溶けきった理性でロバートの腰に脚を絡ませ、ちゅぱちゅぱと口を吸い合う。限界が近づいてくると、本能が一番奥に出してほしいと訴え、ロバートもそれに応《こた》えた。

（ああ、熱い……きもちいい……）

白濁が、彼の精液がたっぷりと最奥へ注ぎ込まれ、シンシアは恍惚《こうこつ》とした表情で彼のものを受け止めた。その瞬間は例えようのないほど甘美で、すべての苦しみから解放される気分になる。

「シンシア……」

ロバートは無知なシンシアに何でも教えてくれた。そして必ず実践してシンシアの身体に快楽を覚えさせていった。夫に何度も抱かれているうちに、すっかりシンシアはロバートのことばかり考えるようになってしまった。

けれどそれは好きなどという感情ではなく、相手をできるだけ不快にさせない、怒らせてはいけない、そうしないとまずいことになるという気持ちであった。

(彼はよく平然としていらっしゃる)

夜に寝室で過ごすロバートと、昼間仕事をしている彼はまるで別人だ。

その違いにシンシアの方が戸惑ってしまう。

(それとも、わたしだけあんなはしたない姿を見せるから、羞恥心《しゅうちしん》に襲われるのかしら)

夫とはいえ、あられもない姿を晒《さら》してしまう自分に、シンシアは次の日必ず自己嫌悪に陥《おちい》ってしまう。もっと器用な人なら、あんな痴態を晒《さら》さず、夫と上手く繋《つな》がるのではないだろうか。

(確かめてみたいけれど、こんなこと、誰にも聞けないし……)

はぁ、とため息を零《こぼ》して、シンシアはブランコを漕《こ》いだ。

カーティス家の庭には、太い木の枝にロープが括《くく》りつけられた手作りのブランコがあった。彼も幼い頃はこうして遊んでいたのだろうかと、シンシアは不思議な気持ちになる。

「……さん。シンシアさん！」

「あっ、はい！」

彼女を呼んでいたのは、きりりと目尻の上がった中年の――けれど貞淑さが漂《ただよ》う貴婦人だ。

「お義母様《かあさま》。そんなに急いで、どうなさったのですか」

「どうしたもこうしたも、散歩に行ったきりあなたが帰ってこないから様子を見に来たんです」

「まぁ、そんなわざわざ……」

恐縮するシンシアにロバートの母、マーシア夫人はツンとそっぽを向く。

「あなたはいちいち謝る癖がついているのね。ロバートが愚痴を零《こぼ》していたわ」

「ごめんなさ――」

また謝罪の言葉を口にしそうになり、シンシアは慌てて自分の口を手で封じた。それを見てマーシア夫人は、今度はふんと怒ったように眉根を上げる。

「あなたは昔からそうだわ。もう少し自分に自信を持ったらいかが？」

夫人はシンシアの母とも交流があったらしく、幼いシンシアのことも知っていたらしい。しかし母が亡くなって、父が継母と再婚してからは、メイソン家に出向くことはなくなった。そのためシンシアからすれば、夫人とはほぼ初対面で、話す度に緊張を強《し》いられる。

もっともそれは、誰に対しても同じかもしれないが。

「はい。そうしますわ」

「お返事はいいけれどね、実行できないと何の意味もないのよ」

「はい。おっしゃる通りです」

マーシア夫人は常日頃から世間に対して言いたいことがたくさんあり、シンシアに注意するかたちで話が大きく逸れていくのはいつものことであった。

「いいこと？　これからの時代、女性がもっと前を向いて歩いていくべきなの。夫なんて、いつぽっくりあの世へ逝ってしまうかわからないんですからね。早い段階からあれこれ見極めて、周囲を管理しておく必要があるのよ」

マーシア夫人の夫、つまりロバートの父親は数年前に亡くなっており、その時にシンシアの実家であるメイソン家は夫人とロバートを支援したのだった。

だからといって彼らが苦労したことには変わりなく、夫人の言葉にはその時の大変さが込められているのだろう。

「あなた、ロバートに何か弱味でも握られているの？」

夫人の言葉にシンシアは目を丸くする。

「いいえ。ロバート様はよくしてくれますわ」

「母親の前だからって遠慮することないのよ？」

シンシアは、いいえ、とおっとりと微笑んだ。彼は要領の悪いシンシアのことを好いていない。でもそうした感情は一切表へは出さず、良き夫として接してくれる。

結婚したら手酷い扱いを受けることを想像していたシンシアは、それで十分だと思った。

「わたしにはもったいないくらいの方ですわ」

「そんなにできた息子ではないと思うけれど……」

しかし息子を褒められて悪い気はしないのか、夫人は手にしていた日傘をくるくると回した。

「まぁいいわ。それよりいつまでもこんなところにいないで、中に入ってお茶でもしましょう。隣国から取り寄せた茶葉があるのよ」

「はい、お義母様《かあさま》」

シンシアが楽しみだと笑みを見せれば、夫人はつられてにこっと微笑んだ。

実家にいると父や継母、弟妹たちの目が気になっていつもびくびくしていた。

ここでもたいして変わらなかったけれど、マーシア夫人は赤の他人だったから仕方がないとすんなり諦めることができるぶん、気持ちは幾分《いくぶん》穏やかであった。


「シンシア。母さんに何か言われた？」

夜、商談先から帰宅したロバートが寝室でタイを緩《ゆる》めながら聞いてきた。シンシアは晩酌用のグラスと酒を用意しながら答える。

「いいえ？　特に何も」

彼はタイをテーブルに投げ置くと、こちらへスタスタと歩いてきた。

「本当か？」

頬に手を添えられ、目を覗《のぞ》き込まれる。ロバートと話している時、よくこうして視線を調整させられる。たぶんシンシアの視線がいつも下がっているのが気に食わないのだろう。

「はい。本当です」

「きみは何かあっても我慢する人だからな」

ぱっと手を離し、彼は一人用のソファにぐったりと身を沈めた。彼にもそんなだらしないところがあるのだと、シンシアは意外に思う。

「やっぱり今からでも新居に住もうか」

「まぁ、どうして？」

「ここじゃ何かと母さんの目が気になるだろ」

だが新居に住み始めても、使用人たちに囲まれているのは変わらないはずだ。

（それに二人きりの時間が増えても、どう過ごせばいいかわからないもの……）

けれどロバートは義理堅いので、愛のない結婚でも妻である自分を尊重しようとしてくれるだろう。シンシアは余計な気は使わせまいと思った。

「わたしは特に気にしませんわ」

「本当か？」

「ええ」

「俺は気になる」

はぁと長い脚をだらしなく伸ばし、ロバートは疲れたように目を瞑《つぶ》った。

「父さんが亡くなって、ますます小言が増えた気がする」

「それだけお寂しいのよ」

夫婦仲は良かったと聞いているから、その反動だろう。

「俺たち夫婦のことにもあれこれ口を出されて、正直迷惑している」

「ロバート様……」

彼は目を開けて、シンシアを見つめた。その目がこちらへおいでと言っているように思い、彼女はそっと近寄って、夫の足元へ跪《ひざまず》く。彼は前屈みになって、少々決まり悪げに呟《つぶや》いた。

「愚痴ばかり言ったな」

「いいえ、そんな……」

ロバートの気持ちもわからなくはなかった。けれど――

「たった一人の家族ですから。大切になさってください」

いつもと違った雰囲気を滲《にじ》ませるシンシアの言葉に、ロバートは目を丸くする。そしてふと気づいたように目を瞬《またた》いた。

「そう思うのはきみの家族のせいか？」

「そうかもしれません」

彼女は曖昧《あいまい》に笑い、誤魔化した。

あまりこの話はしたくないと、彼女は下を向く。ロバートの視線をしばらく感じたけれど、聡《さと》い彼はそれ以上尋ねてくることはしなかった。

「わかった。家を持つのは、もう少し後にする」

シンシアは顔を上げて、弱々しく微笑んだ。

◇

結婚してから数カ月が過ぎた。ロバートは社交界に出向くことが当然ある。シンシアも誘われればもちろん妻として付き添うが、いつも居たたまれない心地になってしまう。

（わたしなんかが、彼の隣にいていいのかしら）

じろじろと向けられる視線が、ロバートの妻として相応《ふさわ》しくないと告げているようで、彼女は逃げ帰りたくなるのだ。一応彼に恥をかかせないよう化粧にも衣装にも気を使っているが、限界はある。

「どうした」

「あ、いいえ」

黒い燕尾服《えんびふく》に白いシャツとベスト、タイを身に着けたロバートは他の誰よりも一番目立っている気がした。男性はだいたいみな同じ格好になるからその差がはっきりと出る。

でもそれを口にするのは失礼だろうと、シンシアは別の理由を答えた。

「年上の方にも気後《きおく》れせず話していらしたので、すごいなと思いまして」

「どんな相手にでも、常に堂々と話すべきだと教えられた」

きみの父親に、と言われてシンシアは目を丸くする。彼はちらりとこちらを見ながら続けた。

「別に俺だって、最初から臆せず話せるようになったわけじゃない。生意気だって煙《けむ》たがられることもあったしな……」

過去を思い出しているのか、その顔は少し陰りを帯びていた。シンシアは彼にもそんな経験があったのだと軽く衝撃を受ける。

「それよりそのドレス、買ったのか」

「あっ、はい。お義母様《かあさま》に選んでいただいて……」

あなたは大人しい印象があるからギャップを狙いなさいと言われ、背中が大胆に開いたドレスを勧められたのだった。

「母さんが選んだのか……」

「ええ。変でしょうか？」

「変ではないが……肌を出しすぎじゃないか」

「でも……前の部分はレースで隠れていますから」

「だからって後ろを出す必要もないだろ」

ロバートは不満げにショールを羽織るよう言った。

「それから、今度はきみが自分で着たいと思うものを着るんだ」

「そういうの、苦手なんです」

ロバートはもっと侯爵家の妻としてしっかりしろと言いたいのだろうが、シンシアには何が正解かわからなかった。だから他人に決めてもらう方が楽なのだ。

「きみには主体性がない」

「そうかもしれません」

「そうやって何でもかんでも受け入れるところも――」

「ロバートじゃないか」

不意に、彼の知り合いらしき男性が声をかけてきた。積もる話もあるだろうから席を外そうかとシンシアが思っていると、相手がふと自分の顔を見て微笑んだ。

「綺麗な奥方だな」

社交辞令だとわかっていても、不意打ちで褒められたシンシアは狼狽《うろた》え、かぁっと頬を染めた。そんなシンシアの恥ずかしがる姿を見て、彼はさらに可愛らしいとも付け加えたので、ますます頬が真っ赤になる。

「そのドレスも、とても似合っていますよ」

「あ、ありがとうございます……」

「いいなぁ、ロバート。こんな可愛い子と結婚できて――って、なんだその顔」

視線を下げていたシンシアはロバートがどんな顔をしているか確かめようとしたが、その前に彼が相手の男性の方へ一歩進み出て、がばりと肩を組んだ。

「今日はなんだかきつい酒を飲みたい気分だな。おまえも飲むだろう？」

「い、いや……俺は遠慮しておくよ」

どこか引《ひ》き攣《つ》った声で男性はそう言うと、いろいろ言い訳して逃げ出すように去っていった。

「……あの、ロバート様」

「なんだ」

「いえ……」

今のはどういうやり取りだったのだろうと思ったが、彼のむっつりとした表情が何も聞くなと告げている気がして、シンシアは尋ねるのをやめた。

その後もロバートに声をかける者は多く、同い年からうんと年の離れた者まで、性別問わず、いろんな繋《つな》がりが感じられた。

中には二人きりで話したいと意味ありげな眼差しを向けてくる夫人もいたが、ロバートは気づかない振りをして上手くやり過ごしていた。

「なんだ」

ようやく二人きりになり、ちらちらと自分を見てくるシンシアにロバートが尋ねた。

「……よかったの？　お話しなさらなくて」

「話してもよかったのか？」

その聞き方はなんだか責められているような気もして、彼女は戸惑う。

「ええ。構いませんわ」

「……あ、そう」

沈黙が落ちて、答え方を間違えたかもしれないとシンシアは焦った。

「……あの」

「あちらに軽食が置いてある。少し何か口にしよう」

この話はこれでお終《しま》いだというように彼は提案した。

その後もロバートはシンシアをどこかへ追いやることはせず、ずっとそばに置いて、普段世話になっている知人に紹介したり、一緒に酒を楽しんだりした。

何人かの女性がダンスに誘ってほしそうに見ていたことに、彼は気づいていただろうか。


「──顔が赤いな」

馬車の中で、突然ロバートに頬を触られた。普段のシンシアなら肩を震わせただろうが、今は感覚が鈍くなり、ただ冷たくて気持ちがいいと感じる。

「ええ。すぐ赤くなってしまうの」

「肌が白いからよく目立つ」

「恥ずかしいわ」

ロバートは妻の酔った様《さま》をしげしげと眺めていたが、やがて腰を引き寄せて自分の近くへと寄りかからせた。

「ロバート様？」

「けっこう、疲れたな」

「あなたはこういうの、慣れていると思っていましたわ」

「俺だって疲れる時はあるよ」

そこまで言うと、彼は不意に黙り込んだ。どうしたのだろうと思っていると、ぽつりと呟《つぶや》く。

「……ダンス」

「え？」

「ダンスは踊らなくてよかったのか」

シンシアは、いいのと朗《ほが》らかに笑った。酔っていて、ついふわふわした口調になってしまう。

「わたし、上手く踊れないから」

失敗すればロバートに恥をかかせてしまう。

「別に、下手でもいいだろう」

「だめ。侯爵家の名に傷がつくわ」

「たかが踊りで揺らぐ家名ではないと思うが」

「でも危険なことはしない方がいいわ」

「……俺がきみと踊りたかったと言っても？」

彼女は膝の上に落としていた視線を上げ、夫の顔を見る。彼は初めからそうしていたというようにシンシアを強い眼差しで見ていた。

「でも、怖いもの」

「俺がいるだろう」

「だからもっと怖いの」

シンシアの答えにロバートは黙り込んだ。

怒らせてしまったかもしれない。あるいは呆れさせてしまったかも。

「そんなに俺は怖い？」

「あなたはわたしより、ずっと素敵な人だから……周りからきっといろいろ言われてしまうわ」

「つまりきみは……俺と関わることで自分が責められるのを恐れているのか？」

シンシアははたと夫を見つめた。彼はどうなんだというように答えを待っていた。

「ええ、そうかもしれない」

「じゃあ、俺自身は怖くない？」

「……ええ」

「今の間は何？」

「考えていたの」

本当か、とロバートはため息をついて続ける。

「俺と接する時のきみはいつもびくびくしていて視線が合わないから、ずっと嫌われていると思っていた」

意外な告白にシンシアはびっくりしてしまう。

「そんな！　嫌ってなんかいませんわ。ただ、あなたはわたしと違っていつも自信に満ち溢《あふ》れていて、わたし……自分の不甲斐なさを責められているようで、怖かったの」

「やっぱり怖がらせていたんじゃないか」

「ごめんなさい……」

ロバートはため息をつき、別に怒ってないとシンシアの顔を上げさせた。

「俺はきみが思うほど、できた人間じゃない。だから比べて落ち込む必要はない」

「……はい」

難しいことだと思ったけれど、彼女はとりあえず頷いた。それを見透《みす》かされ、本当にわかったのかと怪しまれてしまうが、彼はまぁいいと不問にした。

「それで、俺のことは嫌ってないんだな」

(どうしてこんなこと、ロバート様は聞くのかしら)

シンシアは疑問を抱いたが、酒に酔っていた頭では深く考えることができない。ただ、嫌いと答えるのは妻として正しくないだろうと思った。

「はい。嫌っていません」

「じゃあ、どう思っている?」

シンシアは目を瞬《またた》いた。

「どうって……」

腰を支えていた彼の左手がいつの間にか曲線を撫でていた。なぜか昨夜彼に抱かれたことを思い出してしまい、頬が熱くなる。身を引こうとしたが、そうするとますます距離を詰められる。

「シンシア。教えてくれ」

「その……」

「うん」

「わたしはロバート様のこと……」

「俺のことを?」

正直、嫌いでも好きでもなかった。でもロバートの追いつめられたような、ひどく真剣な表情を見ていると、なぜか助けてあげたい気持ちになって、夫婦に相応《ふさわ》しい答えを言っておこうと思った。

「お慕いしており、んっ」

最後まで言い終わらぬうちに唇を押し付けられ、くぐもった声になった。

「ロバート様、こんな、んむっ」

僅《わず》かな隙間を狙って、彼の舌が捻《ね》じ込まれてくる。パーティーで飲んだワインの味がして、くらくらと酩酊した心地になる。ロバートも同じなのか、頬がうっすらと赤味を帯びていた。

「きみの舌は、甘い……」

「ふ、ぅ……お酒を、はぁ、飲んだから……」

「でも、いつも甘いんだ……」

はぁ、と悩ましげな顔をして、彼はねっとりとシンシアの咥内を味わった。彼女は全身の力が抜けてしまい、くったりとロバートの腕の中にしなだれかかって乱れた呼吸を繰り返す。

「ん……」

ロバートの大きな掌《てのひら》がむき出しの背中へ触れ、スッと指を這わせた。

白い手袋をはめた手は、いつもの彼の手の感触と違う。彼女はぞくぞくとした快感に襲われ、いけないと身をよじった。

「じっとしていて……薄いな……こんな頼りない背中で、いつも俺を受け止めていたんだな」

「あっ、だめ……っ、こんなところで、いけません」

逃げようとしたシンシアのお腹に腕を回し、ロバートはうなじへと口づけした。

「ひゃっ、だめっ……」

その声は甘く、抵抗しているようには聞こえなかったのだろう。ロバートが笑ったのがわかった。

「だめなことはないよ。きみは俺の妻なんだから」

いやいやと首を振れば、後ろから顔を振り向かせられ、また口の中を犯された。逃げ惑う舌をいとも簡単に搦《から》め取られ、きつく吸われ、抵抗する意思を甘い誘惑へと変えていく。

「ロバート様……」

シンシアは許しを乞うように彼の名を呟《つぶや》いた。

目が潤《うる》んで、涙が零《こぼ》れてしまう。それをロバートがちゅっと口づけして吸い取った。そのまま顔中にキスを落としていく。

「シンシア、きみは気づいていたか？　大勢の男性がきみの背中をいやらしい目で追っていたことを……」

「わたしじゃ、ありません……」

見られていたのはロバートの方だと思っていた。他の女性から。

「きみだよ。俺はずっと隣にいたから、見間違うはずがない。それなのにきみは……」

「あっ……！」

ぱっくりと開いた背中の布地から彼の手が侵入してくる。大きな掌《てのひら》は背骨を伝い、尾てい骨までたどり着くと、大胆な手つきで丸い尻を撫でさすった。くすぐったくて、彼女は何度もお尻をぴくぴく震わせてしまう。

「こんなふうに、やつらはしたかったんだ……それなのにきみは、何も知らないでやつらに微笑んで……あんなに可愛い顔を他の男に……」

まるで嫉妬しているようにも聞こえる台詞《セリフ》だが、それは勘違いだろうとシンシアは思った。彼はただ、自分の妻がそういう目で見られることが許せないだけだ。愛がない夫婦でも、パートナー以外の者を誘惑するのはルール違反だと。

「はぁ、はぁ、ロバート様、んっ、わかりましたからっ、だから、もう……あんっ」

シンシアの腰を掴《つか》んでいた左手が今度は前にやってきた。

「ほら、こんなこともできてしまう」

ぐにぐにと乳房の形を変え、柔らかな蕾《つぼみ》を硬く尖らせようと、指の先で押しつぶし、くるくるとなぞり始める。

「ああ、もういやらしく勃ってきた……」

「あんっ、いやっ、それいたいっ……」

「痛くない。気持ちがいいはずだ」

尖端をきゅっと摘《つま》まれたかと思うと、慰《なぐさ》めるように優しく撫でて、乳房へと埋もれさせる。

その痛みと甘さは確かにシンシアの息を荒くさせ、脚の間をむずむずさせた。

「いきたくなってきたか？」

そう問われるものの、でもまだ理性は残っていて、シンシアは首を振った。

「本当に？」

「んっ、んぅっ」

歯を食いしばって、必死で耐えようとするも、身体の疼《うず》きは激しくなるばかりだ。

シンシアを陥落させようと、尻に熱いものが当たっている。腰を揺さぶって、脚の付け根の部分に何度も擦《こす》りつけてくる。

「ロバート様……つらい……たすけて……」

「どうしてほしいんだ」

「……いれて」

「聞こえない」

「いれてください……」

シンシアのお願いにロバートは彼女の髪に頬を擦《す》り寄せ、笑うように、そっと耳元で囁《ささや》いた。

「だめだ。帰るまで待つんだ」

「そんな……」

「みんなが素敵だと褒めてくれたドレスを、汚してしまっては嫌だろう？」

まるでそんなドレスを着ているからこんな目に遭っているのだと責められている気がした。

他の人は褒めてくれたが、ロバートは違うのだ。

「このドレス……やっぱりわたしには似合っていないんですね……」

泣くのを我慢するような声で呟《つぶや》けば、ロバートは少し動揺したように身体を揺らした。

「そんなこと、言っていない」

焦った声に、嘘はつかなくていいとシンシアは首を振った。

「だってロバート様、ずっと顔を顰《しか》めていたもの」

「それは他の男がきみを……いや、とにかく、似合っていないとは思っていない」

「ほんとう？」

「本当だ。母の見立ては間違っていない。きみによく似合っている。……可愛いよ」

シンシアはそっと後ろを振り向く。ロバートの顔からはいつもの余裕は消え、少し焦った、真剣な表情をしていた。必死の思いで口にしたという気持ちが伝わってくる。

「……よかった」

だからシンシアは心から安堵して、ふわりと微笑んだ。

こんな自分にも、彼は気を使ってくれる。優しい人だ。

妻の笑みを間近で見せられたロバートはあっけに取られ、やがてじわじわと頬を染めていった。

「ロバート様？　お顔が赤いです。お酒に酔ってしまったんですか？」

「違う」

「でも」

それ以上は言わせないと、ロバートはシンシアの体勢を変えると、身体を向き合わせて、自分の膝の上に跨《また》がる格好をさせた。

初めてとる姿勢に、シンシアは恥ずかしさと不安の入り混じった眼差しでロバートを見つめる。

彼はそんなシンシアを少し怖いくらいほど真面目な、情欲の渦巻いた目で見上げながら、ズボンを寛《くつろ》げ、下穿《したば》きから熱い昂《たかぶ》りを取り出した。

最初あまりにもグロテスクな見た目で醜悪な生き物に思えたそれが、今は何より待ち望んだものに見えて、シンシアは餌を前にした犬のような気持ちになる。

「ドレスの裾を捲《めく》って、自分で挿入《いれ》てごらん」

「わたしが、いれるんですか？」

「欲しくないのか」

欲しい。早く入れてと、蜜壷は切なく疼《うず》いている。

「でも、こわいの……」

「怖くない。ほら、俺が支えていてあげるから」

（こんな、馬車の中で……）

けれどもう、拒むほどの理性が残っていなかった。

ロバートの肩に片手を置き、反対の手でドレスを太股までゆっくりと捲《たく》し上げれば、ベルトで吊り下げられた絹のストッキングが露《あら》わになる。

白いレースのついた薄い生地を、透けて見える白いシンシアの太股を、ロバートがうっとりした様子で堪能する。

「ロバート様……下着を……」

手が塞《ふさ》がって、自分では脱ぐことができない。

ロバートは何も言わず、彼女の頼みを聞き入れた。シンシアの下着に指をかけ、じれったくなるほど慎重な手つきで下ろしていく。

（ああ、恥ずかしい……見ないで……）

彼女の下着は銀の糸を垂らしていた。ロバートは手袋をはめたまま、その糸をすくう。

そのまま自分を見上げる彼の瞳に、シンシアは何も言えなかった。

ロバートはそんな彼女から目を逸らさず、手袋をしたまま花芯をなぞり、花びらの奥へ指を押し入れようとした。

「んぅっ、ロバート様っ……！」

「ああ、すまない。こちらではなかったな」

少し掠《かす》れた声で彼はそう言うと、シンシアの尻に手を添えた。

「さぁ、腰を下ろして」

お腹のあたりまで反り返る肉棒を見下ろしながら、シンシアは狙いを定めた。今まで何回も彼女の中を快感へと導《みちび》いたそれは、すでにとろとろと涎《よだれ》を垂らしている。

「んっ……」

くちゅりと蜜口に当たるものの、滑って上手く入ってくれない。彼女はめげずに挿入を試《こころ》みるが、何度やってもそっぽを向いて、ただもどかしい熱だけを溜めていく。

「はぁ、はぁ、んっ……あっ」

「どうした。挿入《いれ》ないのでいいのか」

いやいやと、彼女はロバートの首に腕を回して泣きついた。

「うまくできないの、わたしにはできません。ロバートさま、いれて……！」

「きみは本当に……ほらっ！」

「あぁっ――」

ようやく待ち望んだものがシンシアの中に入ってきた。

（ああ、熱い……）

最奥まで容赦なく一気に突き進んだそれが、驚いた肉襞にきつく締め上げられれば、ロバートが悩ましげに眉根を寄せた。

「こうやってやるのは、はぁ、初めてだったな……どうだ？　気持ちいいか？」

「あぁっ、はいっ、奥までとどいて、んっ、あっ、あっ、ロバートさまぁっ……」

ロバートが下から勢いよく突き上げ、シンシアは彼にしがみついた。

「だめっ、こわいっ、んっ、わたし、おかしく……っ、なっちゃう……！」

絶頂を迎えても、ロバートは止まってくれない。腰を前後にグラインドされ、恥骨をぐりぐり淫芽に押し付けられる。加えて馬車の振動が、ロバートが与える刺激とは別の快楽を運んでくる。

「シンシア、気持ちいいのはわかるが、はぁ、声を抑えないと、御者に聞こえて、しまうぞっ」

はっと我に返ったシンシアは必死で口を閉じ、ロバートの首筋に顔を埋《うず》めた。しかし彼女の鼻息や浅く吐き出される呼吸、抑えようとして漏れてしまう嬌声《きょうせい》はロバートの興奮を煽《あお》るだけだった。

「シンシア……！」

抽挿はますます激しくなり、ぱんぱんと肌がぶつかる音、結合部からじゅぶじゅぶと溢《あふ》れ出す水音はもう御者の耳に届いているのではないかと思うほど大きかった。

「シンシアっ、出すぞっ」

「あっ、まって、ぁんっ、んっ、んんっ――」

揺さぶられるまま、ロバートはシンシアの最奥へと熱い飛沫《しぶき》を注ぎ込んだ。彼女は身体をぶるぶると震わせ、膣内は男の精を一滴残らず搾り取ろうと激しい収縮を繰り返す。

ロバートの胸にしがみついたまま息を整えていたシンシアはやがて熱が引いてくると、とんでもない羞恥《しゅうち》に襲われた。

(こんな、馬車の中でしてしまうなんて……！)

酒の酔いも醒《さ》め、彼女が急いで離れようとすると、車輪が石にでも当たったのか、大きく揺れた。

「危ないっ」

ふらつきそうになったシンシアをロバートがとっさに受け止める。びっくりしたせいでまだ中に入っているものを締め付け、それがシンシアの中を勢いよく行き来した。

「あんっ……」

目が合うと、ロバートが意地悪く片眉を上げた。

「きみはまだ物足りないみたいだか、そろそろ屋敷に着くぞ」

「っ、わ、わたしそんなつもりじゃ！」

慌てて抜こうとすれば、またロバートに支えられる。

「危ないから、じっとしていろ」

膝をつく姿勢を取らされたまま、彼は自身のものを抜く。そしてハンカチを取り出すと、まずシンシアの秘所を綺麗に拭き、次いで自分のものも手早く処理した。

「さ、これで終わりだ」

「……ありがとうございます」

伏せがちにお礼を述べ、彼の隣にしずしずと腰掛ける。向かい合うかたちだとじっと見られそうだったので、こちらの方がまだましだと思ったのだ。

「この手袋は、もう使えないな」

「……」

「ハンカチも……それとも使った方がいいか？」

ふるふると首を振れば、ロバートは笑った。彼の笑顔は貴重であるが、こういった行為の時に関しては意地悪に見えてしまうので複雑だ。

沈黙が流れ、シンシアは疲労感からぼんやりと馬車の振動に身を任せる。

（まだ、繋《つな》いでる……）

シンシアの右手は、ロバートの指に一本一本しっかりと握られていた。

「気持ち良かったか？」

逡巡《しゅんじゅん》したうえ、シンシアは小さく頷く。

「シンシア」

こっちを向いて、と言われた気がして見れば、ロバートの顔はすぐそばにあり、触れるだけのキスをされた。

「ロバート様？」

もうすぐ屋敷に着く。それでも彼は気にせず、啄《ついば》むような口づけをし続けた。シンシアは彼の考えていることがわからなかったけれど、自分もなんとなくそうしていたくて、目を閉じて彼の好きにさせた。

◇

パーティーから数日後。お礼の手紙を綴《つづ》っていたシンシアのもとに、執事が客人だと伝えにきた。

今日は誰とも会う約束はなかったはずだが、のっぴきならない急ぎの用件で訪れたのかもしれない。

そう思い、シンシアは「すぐに向かうわ」と告げた。

「お待たせして、申し訳ありません」

ティーカップに口をつけようとしていた青年はシンシアが部屋に入ってくるなり、ガタンと椅子を引いて立ち上がった。

「シンシア……！」

荒々しくカップをソーサーに置いたことで給仕していたメイドが顔を顰《しか》めるが、青年は気にした様子もなく長い脚をずんずんと動かし、驚くシンシアをがばりと抱きしめた。

「久しぶり！　会いたかったよ！」

ぎゅうぎゅうと力いっぱい腕の中に閉じ込められ、彼女はうめき声を上げた。それに気づいた青年は慌てて解放する。

「わわっ、ごめんっ！　つい嬉しくって……大丈夫？」

拘束が緩《ゆる》み、シンシアはほっと胸をなでおろす。そうしてようやく落ち着いて相手の顔を見上げることができた。

「久しぶりね、エリアス。元気そうで何よりだわ」

肩ぐらいまである金色の髪を後ろで一つに束ね、丸いレンズの眼鏡をかけた灰色がかった青い瞳の気弱そうな青年はにこっと笑う。

「姉さんこそ、昔と変わらないみたいでほっとしたよ」

彼はシンシアの両手を掴《つか》み、上下に軽く振った。少年のような無邪気なその振る舞いに、シンシアも懐かしい気持ちになる。

エリアス・メイソン。

シンシアの一つ下の弟であり、半分だけ血の繋《つな》がった家族だった。

「こちらへはいつ戻ってきたの？」

「昨日です」

「まぁ、昨日。遠いところから疲れたでしょうに……」

エリアスは一年間だけシンシアと同じ学園に通っていたが、父の方針で途中から隣国の学校に転入させられたのだ。本来ならまだ在籍している年だが、飛び級などして予定よりずっと早く卒業できたのだから立派なものだ。

「良い友人や先生に恵まれたお陰ですよ」

「それもあるかもしれないけれど……一番はあなたが頑張ったからよ」

継母はエリアスを隣国へやることに反対したが、いずれメイソン家を継ぐ者として、父はあえて厳しい道を歩ませた。息子であっても――いや、息子だからこそ妥協や甘えを許さなかった。

その厳しさは、将来への期待とも言える。

父はシンシアには最低限のことは要求したけれど、それ以上は一切求めなかったから。

「お父様はあなたのことを、とても誇りに思っていらっしゃるはずよ」

「そうかなぁ？」

「そうよ」

言葉も文化も違う国で学問を修めるのは、並大抵のことではなかったはず。

シンシアにはとても真似できないことを、エリアスは見事やり遂げたのだ。

「姉さんだけですよ。そんなに僕を褒めてくれるのは」

「そんなこと……お継母様《かあさま》だって、あなたの卒業をとても喜んでくださったでしょう？」

「ええ……まぁ」

何やら煮えきらない返事にシンシアは首を傾げる。

「エリアス？」

「ええっと、実はまだ実家には帰っていないんです」

「ええっ⁉」

あはは、とエリアスは誤魔化すように後頭部を撫でたが、シンシアは目を丸くして弟を見つめた。

「……帰らなくて、いいの？」

「もちろん帰ります。ただ誰よりも早く、姉さんに会いたかったんです」

エリアスの言葉にシンシアはしばし言葉を失う。

そして俯《うつむ》いて、膝の上に置いてあった手をぎゅっと握りしめる。

「……ありがとう、エリアス。わたしのこと、そんなにも気にかけてくれて……」

嬉しい、とシンシアは顔を上げて、心からそう言った。エリアスはほんの数秒、姉の顔を感情の読めない表情で見つめていたが、すぐさまへらりと笑った。

「もちろん。だって僕にとって姉さんはこの世でたった一人の姉で、大切な家族ですから」

「ふふ。あなたは相変わらず大げさね」

「酷いな。本当ですよ」

はいはい、とシンシアは口元に手を当てて笑みを零《こぼ》す。

エリアスといると、苦しくない。緊張しない。怖がる必要がない。久しぶりに楽しい、と思った。

いつまでもこうしていたいけれど――

「さぁ、挨拶《あいさつ》はもう十分済ませたのだから、今度はお父様たちに顔を見せてあげなさい」

「えっ、今来たばかりなのに、もう追い返すんですか」

「あなたが順番を間違えなければ、もっとたくさん話す気でいたわ」

いつまでも引き止めてしまっては、父たちも心配して落ち着かないだろう。

「遠い地からやっと息子が帰ってきたんですもの。話したいこともたくさんあるでしょうし、早く元気な顔を見せて、安心させてあげて」

「遠い地って……今は汽車もありますし、そんなに遠くないんですよ？」

「家族にはとっても遠い距離なの。いいから、ほら、立って」

姉に促《うなが》され、エリアスは渋々帰り支度をする。

「じゃあ、今日のところは帰りますけど……また来てもいいですか？」

「ええ。でも、今度来る時は事前に教えてくれると助かるわ」

「別に茶菓子の準備はいりませんよ」

そういうことじゃなくて、とシンシアは苦笑いする。

「こちらにもいろいろ予定があるからよ」

今日だって彼はいきなり訪ねてきたのだ。マーシア夫人もたいそう驚いていた。

「そっか。ならそうします」

エリアスは屈託なく笑って、ひょいとシンシアの手から帽子を受け取った。

「それじゃあ、また近いうちにお邪魔させてもらいますね」

「ええ。待っているわ」

使用人に玄関の扉を開けてもらい、外へ出ようとしたエリアスは、ふと思い出したように振り返って告げた。

「ああ、そうだ。結婚おめでとうございます、姉さん」

それじゃあ、とエリアスは背を向けて帰って行った。


それからエリアスはけっこうな頻度でシンシアのもとを訪れた。もちろん事前に伝えて訪問することもあったが、何も言わず訪ねてくることの方が多かった。

その度にマーシア夫人の機嫌は悪くなり、シンシアはひやひやしてしまう。

「エリアス。言ったでしょう。こちらへ遊びに来る時は、きちんと連絡してと」

「すみません、姉さん。所用で近くまで寄ったんで、姉さんの顔も見て行こうと思って……」

「そんな、わざわざ無理して来なくていいのよ？」

少し困ったように言えば、エリアスはしょんぼりと肩を落とした。

「そうですよね。こんな頻繁《ひんぱん》に来たら、迷惑でしたね。すみません。僕、何も考えてなくて……また出直します」

「あ……待って」

とぼとぼと帰ろうとする後ろ姿が可哀想になり、シンシアはつい追いかけて呼び止めてしまう。

「せっかく来てくれたんですもの。お茶でも飲んでいって」

「でも、迷惑だったんでしょう？」

「そんなことないわ。今度から気をつけてくれればいいの」

さ、とシンシアは小さい時にそうしたように弟の手を取って、家の中へ入った。

エリアスは申し訳ないという顔をしつつ、その手を振り払うことはしない。

「――姉さん。今日、カーティス侯爵は？」

それが自分の夫を指していることに気づくのに数秒を要した。それくらいエリアスの呼び方は他人行儀であった。二人がまだ直接会っていないからかもしれない。

エリアスが家へちょくちょく訪れることはロバートにも伝えている。彼も会いたいと言っていたがなかなかタイミングが合わず、仕事で会う方が先かもしれないと零《こぼ》していた。

「あいにく今は仕事でいないの」

「お仕事、忙しいんですか」

「ええ。この頃は特にそうみたい」

疲れているのか、シンシアのことも抱いていない。

「いつも昼間は出かけているんですか」

「そうね……出かけていることが多いかもしれないわ」

シンシアがそう言うと、エリアスは訝《いぶか》しげに眉根を寄せた。

「それ、本当に仕事ですか」

「え？」

どういうこと？　と問えば、「だからさ……」とエリアスは声を潜《ひそ》める。

「誰か他の女性と会っていたりするんじゃない？」

コホン、と咳払いが聞こえたので振り向けば、部屋に控えていたメイドがわざとらしく口に手を当てていた。するとエリアスはポットの蓋《ふた》を持ち上げ、「あ」と声を上げた。

「ごめん。お茶のお代わりをいただきたいんだけど、このポット、もう空みたいなんだ。姉さんのも冷えちゃってるし、もう一度淹《い》れ直してきてもらってもいいかな？」

そう言って彼はメイドを外へ追い出すことに成功した。メイドはなんて図々しいやつだと言いたげな表情でエリアスを見ていたけれど、当の本人はしれっとした様子だ。

「あの子、僕がここへ来る度にずっと睨《にら》んでくるんです。さっきも、見ました？　もう怖くって」

二人きりになると、彼はやれやれと言った調子でため息をついた。

「あなたが滅多なことを口にするからよ」

「侯爵が浮気しているかもしれないってことですか？」

「エリアス」

いささか強い口調で窘《たしな》めれば、エリアスはごめんと言うように肩を竦《すく》めた。

「でも、心配なんです。僕、一度彼が女性と歩いている姿を街で見かけてしまったから」

エリアスの言葉にシンシアは目を丸くしたけれど、驚いたのは一瞬であった。

「そう」

「そう、ってそれだけですか？」

「他に何かあるの？」

「嫌じゃないんですか？」

別に、と思った。もともとロバートは自分のことが好きではなかった。余所《よそ》で女と会っても、不思議ではない。

（わたしを抱いてくれているのも、跡継ぎを作るためだもの）

むしろ今までよく我慢していたものだ、と思っていたが、シンシアにばれないよう会っていたのならば納得できた。

「互いのことに口出しされるのは嫌でしょうから、わたしは知らない振りをするわ。あなたも、見たことは忘れてちょうだい」

エリアスは目を真ん丸に見開いてシンシアを見つめていたが、やがてばつの悪そうな顔をして白状した。

「ごめん、姉さん。冗談です」

「冗談？」

「うん、嘘。侯爵を街で見かけたのは本当ですけど、相手は男性で、仕事の話をしているだけみたいでした」

エリアス……とシンシアはため息をつく。

「さすがに言っていい冗談と、悪い冗談があるわ」

「はい、ごめんなさい。侯爵は真面目な人らしいですもんね。姉さんを放って、浮気なんかするはずがないですよね」

「その通りです」

ガチャと扉を開けて入ってきたのは、マーシア夫人であった。

突然の登場にシンシアだけでなく、エリアスもぎょっとする。

「あの子は確かに女性にだらしないところがありますが、身を滅ぼすほどの愚行は回避する悪運がありますからね」

カツカツと歩いてきてエリアスの目の前で立ち止まり、ふんと冷たく見下ろす夫人。

自分の息子を悪く言われ機嫌を損ねる夫人に、エリアスは困ったなぁという顔をしていたが、ふと思い出したように「あ」と声を上げ、鞄《かばん》からごそごそと何かを取り出す。

「夫人にお会いしたら渡そうと思っていたものがあるんです」

これ、と差し出された細長い缶を、ちらりと夫人は横目で見た。

「隣国で美味《おい》しいと評判のお茶なんです」

「……隣国の？」

「はい」

興味を隠しきれない夫人に、にっこりとエリアスが微笑む。

「よろしかったらどうぞ」

空になったら小物入れにでも使えそうな可愛らしいデザインの缶を、マーシア夫人が無言でじっと見つめる。気になってはいるようだが、まだ受け取ろうとはしない。

「あ。ちゃんとしたお店で購入しましたから、偽茶とか、そういう心配は大丈夫ですよ」

「別にそんなことは疑っていません」

しばらくエリアスと手元の缶を見比べていた夫人は、やがてふんと鼻を鳴らした。

「せっかくですからいただいておこうかしら」

「ええ、どうぞ、どうぞ」

エリアスは夫人に気づかれぬようシンシアを見ると、ぱちんと片目を瞑《つぶ》ってみせた。

（エリアスったら……）

たまたまだろうが、お茶好きな義母のお眼鏡に適《かな》うプレゼントをするとは……シンシアは感心すると同時に、弟の運の良さに少し呆れた。

「夫人。ちょうど熱いお湯も淹《い》れ直してもらいましたし、少しお話ししていきませんか？」

「ちょっと。まるであなたが茶会を開いたようなおっしゃりようだけど、ここは私の家で、居座っているのはあなたの方よ」

「ああ、そうでした！　ここがあまりにも居心地がいいので、すっかり自宅にいるような気分になってしまいました」

シンシアはひやひやしながら二人のやり取りを見ていたが、夫人は怒りを通り越して呆れてしまったらしい。

「メイソン伯爵の気苦労が窺《うかが》えるわね」

「ええ。父にはいつも叱られています。もっとカーティス侯爵を見習いなさいと引き合いに出されるんで、困ってしまうんです」

「そうなの？　でもあまりにも優秀だと、たまにこんなこともわからないのかと馬鹿にした口調で反論されることもあるのよ」

「そうなんですか？　僕はそんな時、わざと下手に出て、相手の機嫌を損ねないようにします」

「そんなことしたら、余計に馬鹿にされるわ」

「そうですかね？　でしたら――」

いつの間にか、エリアスとマーシア夫人の会話は途切れることなく続いていた。


「きみの弟さん、すごいな」

就寝前の読書に時間を割いていたロバートが、文字を追いながら言った。

隣ですでに寝ようとしていたシンシアは、重たげな瞼《まぶた》を瞬《またた》いて夫を見上げる。

「すごいって？」

「母さんの話に付き合うだけじゃなくて、見所のある青年だと思わせたんだろう？」

夕食の席で夫人がエリアスについてしきりに話していたことを思い出し、彼女は困った顔をする。

「あれは気に入ってくださったんでしょうか？」

「ああ。母さんは興味がある人間ほど他人に話したがるから、まず間違いなくきみの弟はお気に入りリストに入れられたな」

てっきり嫌っているからあれこれ話すのだと思っていたが、どうやら逆らしい。

「でも、嫌われていないようなら安心しましたわ」

ふふっ、と笑えば、ロバートがそっと手の甲で頬をくすぐってきた。彼女がどうしたのかと目をやれば、彼は感情の読めない表情で言った。

「きみはエリアスのことを話す時、いつも俺の知らない顔をするな」

「知らない顔……？」

「すごく親しみのある、砕けた表情だ」

そうだろうか。自分ではあまりよくわからなかった。

「あの子は弟ですもの」

「他の弟妹たちとは違うのか？」

「エリアスとは歳が近いですし……それにあの子、少し頼りないというか、抜けているところがあって……放っておけないんです」

「きみにそう言われるとは……よっぽどなんだな」

「ええ。よく、わたしを頼ってくるんです」

困った弟で、でも可愛い弟なのだとシンシアが表情で伝えれば、ロバートはふーんと言って手元の本に目を落とした。また沈黙が続き、彼女が何か言った方がいいのだろうかと考えていると、パタンと本を閉じたロバートがこちらを向いてくる。枕に肩肘をついて、見下ろしたまま何も言わないのでシンシアは戸惑った。

「あの、ロバート様？」

つい起き上がって、今度は彼女が彼を上から見つめる。

「なんだ」

「いえ……黙っているので、どうかなさったのかと」

「最近気づいたんだが、こうして黙っていると、きみが話してくれる」

「ええ……？」

彼は何を言っているのだろう。

「思えば学生時代は、俺が一方的に話しかけて、きみはいつも聞き役だった。会話もほぼ何かを決める時だけの、最低限のものだ」

「そう、ですね……」

そもそもロバートは自分と話したいとは思わなかっただろうし、シンシアの方も不用意な発言で彼を不愉快にさせるのを何より恐れていた。

「だから、黙ってみた」

シンシアはまじまじとロバートの顔を見つめた。彼は我が意を得たりと形のいい唇を吊り上げる。

「きみのそういった顔を見ることができたんだ、良い作戦だったな」

「そんな……」

また黙って見つめられるので、シンシアはつい「ロバート様」と不平をぶつける調子で名前を呼んでしまった。そうすると彼はまた満足した様子で目を細める。

「怒ったか？」

「……怒りません。でも、困ります」

「どうして」

「どうして、って……わたしは話すのがあまり得意じゃないんです」

それはロバートだってよく知っているはずだ。

「弟に対しては、すごく饒舌《じょうぜつ》に話していたようだけど？」

「あの子は……幼い頃から一緒にいる相手ですもの」

「つまり特別というわけだ」

迷った末、こくりと頷く。じゃあ、とロバートが手を伸ばしてきた。耳にかかった髪の毛をそっと払いのけ、シンシアの横顔を見つめる。

「俺たちも特別な仲になれば、きみはたくさん話してくれるようになるわけだ」

彼は一体どうしてしまったのだろう。

（特別な仲って……）

「夫婦はその特別に入らないのですか」

「それはあくまでも関係性だろう。中身は求められていない」

彼の言っていることがよくわからず、思わず黙ってしまう。

「わからない？」

「ごめんなさい。わかりません」

教師に問題を解くよう言われ、できなかった時の気分だ。

どうしよう、と途方に暮れるシンシアの頬に、ロバートが顔を寄せて口づけした。びっくりして振り返れば、お腹に手が回り、彼の方へと引き寄せられる。

「きみは俺が触れるといつも驚いた顔をする……それをまず、直したい」

ちゅ、ちゅ、と髪や耳たぶ、首筋にキスを落とされ、くすぐったくなって身を捩《よじ》る。ネグリジェの裾が捲《めく》れ、ふくらはぎが露《あら》わになると、恥じらったシンシアは直そうとした。

しかしロバートの手がすかさずシンシアの指を己《おのれ》のと絡めて、それを阻止してしまう。

「惜しかったな」

笑うように言われ、シンシアはつい恨みがましい視線を向ける。

「きみも、そういう顔をするんだな」

どこか嬉しそうに呟《つぶや》かれた言葉に、再び戸惑ってしまう。

(どうしてそんなこと、言うの……?)

困惑するシンシアを置き去りにして、ロバートは端整な顔を近づけ、唇の端にそっと触れるだけのキスをする。しばらく舌先でくすぐるように舐め、すぐ離すことを繰り返した。

シンシアはなんだかもどかしくて、でもねだるのははしたないので、縋《すが》るようにロバートを見つめていると、彼はなぜか触れることをやめてしまう。

「ロバート様?」

「今日はもう、寝ようか」

「えっ……」

ロバートは一度行為を始めたら、きちんと最後まで行う。中断することなんて、今まで一度もなかった。

それに最近は彼の仕事が忙しく、疲れてすぐ寝てしまうことが多かったから、ほとんど身体を繋《つな》げていなかったというのに。

（本当に、しないの……？）

途方に暮れた気持ちで、シンシアは夫を見つめた。

「……お休み、シンシア」

そう言って彼は掛布を被ろうとする。背中を向けた夜着の裾を、シンシアの手はとっさに掴《つか》んでいた。

「シンシア。どうした」

背中を向けたまま、ロバートが尋ねる。彼女は答えられなかった。

「裾が伸びてしまうから放してほしいんだが」

彼の言う通りだ。こんなことしても困るだけだろうに……それでもシンシアは手を離すことができずにいた。

（わたし……）

「シンシア。言いたいことは、言ってくれないとわからない」

「…………今日は、しないんですか」

小さな声で尋ねれば、彼はようやくこちらを振り向いてくれた。

「きみはしたい？」

「わたしは……」

「俺はどちらでもいいと思っている。我慢できないわけではないから」

そんなふうに言われたら、シンシアだって我慢しなければならない。

(でも……)

ずっとロバートに抱かれていた身体は、飢えていた。

「シンシア。正直に言えばいい」

「わたしは……してほしいです」

ああ、言ってしまった。自分からねだるなんて、しかもロバートに頼んでしまうなんて……

恥ずかしさのあまり、シンシアの頬は熱くなる。

「ごめんなさい。はしたなくて……でも、身体が落ち着かなくて……だから……」

「だから?」

「抱いて、ください」

俯《うつむ》くシンシアを、ロバートが抱き寄せて腕の中に閉じ込めた。そのまま肩口に顔を埋《うず》め、息を深く吸い込んだ。

「やっと、言ってくれたな」

拘束を緩《ゆる》め、シンシアの顔をまじまじと見つめてくる。彼女がそこにいることを確かめるように前髪をかき上げ、こめかみを指の腹で撫でて、頬の輪郭をなぞった。そして親指でふにふにと唇の厚さを味わうと、そのまま口の中へ押し込んできた。

「舐めて」

シンシアはなぜ彼がこんなことをさせるのかわからなかったけれど、もともと彼に命じられると素直に従ってしまう。

「ん……ふ、ぅ……」

ちゅぱちゅぱと音を立てて、彼女はロバートの指をしゃぶった。唾液が零《こぼ》れて彼の手を濡らして
いくのを間近で見ていると、自分が犬にでもなった心地になる。

「きみはいつも、従順だ」

事実を述べるように淡々と指摘されるのが、逆に羞恥心《しゅうちしん》を煽《あお》る。

「それとも、誰にでも従順なのか……嚙めと言えば、その通りにするのか？」

シンシアは驚いて、親指から口を離してしまう。

「それは、嫌です……」

「傷つけることは、したくない？」

「はい」

ふっと笑われた。

「そうか。なら、やめよう」

ロバートは口から手を離し、それでと尋ねた。

「今度は、どうしてほしい」

「え」

「俺がきみを傷つけないよう、なるべくきみから指示してほしい」

「そんな……」

どうして今日の彼はこんなにも意地悪なんだろう。シンシアは泣きそうになる。

「いつものように、してください」

「いつもとは？」

「だから……」

教えてくれ、とロバートはシンシアの手を握った。目を潤《うる》ませて見つめても、彼は引いてくれない。彼女は俯《うつむ》き、もうどうにでもなれと思いながら彼の手を自身の胸へ持っていく。

指を開かせ、膨らみへと被せても、まだ彼は動いてくれなかった。だから……

「揉んで、ください……」

そう懇願すると、シンシアよりずっと大きな掌《てのひら》がぐにゃりと柔らかな乳房の形を変えていく。

その光景が俯《うつむ》いた視線に容赦なく映り込み、シンシアの呼吸を乱した。

「片手だけでいいのか」

シンシアは首を振って、もう片方の手も空いた胸へと誘った。

「こっちも、んっ、揉んで、ください……」

言われた通りロバートは両胸を鷲掴《わしづか》みにし、同じように揉みしだいていく。

「強さはこれくらいでいいのか」

「もう少し、優しく……あっ」

指の腹で掴《つか》むように撫でられていたかと思うと、きゅっと尖端を摘《つま》まれた。

「ここだけ、目立っている」

「んっ、そこは、あぁっ……」

布地を押し上げて存在を主張する蕾《つぼみ》を、彼は初めて見たかのように熱心に弄《いじ》くり回す。

「ここは、どうすればいいんだ」

「はぁ……んっ」

「シンシア」

「……て」

頬をうっすらと染めながら、シンシアはロバートの唇に指を這わせた。

「なめて、ください」

ごくりと彼の喉が上下に動いた。顔が近づき、夜着の上から唇を押し当て、赤い舌でぺろぺろと熱心に舐める。もう片方の乳房が留守になっているぶん、彼の指が口の代わりに蕾《つぼみ》を大きくさせようとせっせと働いた。

「はぁ、ロバート、様……」

ロバートはまるで犬のように、夢中でシンシアの胸を舐め回す。

「ふぅ……んっ……はぁ、ん……」

シンシアは片手で自分の口を押さえながら、太股をもどかしげに擦《す》り合わせた。

(あそこも、弄《いじ》ってほしい……)

とろとろと蜜を出して、ロバートのものを美味《おい》しそうに咥《くわ》えるあの場所も一緒に……

「シンシア」

目を閉じて感じ入っていた彼女は、はっとする。気がつけば、ロバートにじっと見つめられていた。

「次はどうしてほしい？」

あくまでもシンシアに決めさせるつもりなのだろう。どこまでも飼い主に忠実に仕える気だ。……従わせているのは彼の方かもしれないけれど。

「下を……」

「舐めてほしい？」

ふるふるとシンシアは首を振る。

「舐めるのはいや？」

「いや……」

「じゃあどうしてほしい？」

「……触って、ください」

「わかった」

そう言うと、ロバートはシンシアを自分の脚の間に座らせた。後ろから抱きしめられるかたちで密着され、なぜだろうとシンシアは不安げに振り返る。彼は微笑んで、耳元で甘く命令した。

「裾を捲《まく》って、脚を広げて」

そんな、と思ったけれど、シンシアは言われた通りに事を進める。とにかく、早く触ってほしかった。

「ひろげ、ました……」

「俺の手を、上から握って」

これもまた、素直に実行する。

「触れてほしい場所に導《みちび》いて、俺の指で、きみが気持ちいいと思うところに刺激を与えるんだ」

「そんな……できません」

つまり自分で達することをロバートは命じている。

そんなのは今までやったことがなかったし、できなかった。

「このままでいいのか？」

よくない。つらい。苦しい。でも、自分じゃできない。

「お願い、ロバート様がやって……」

シンシアの懇願にロバートは一瞬悩ましげな表情を浮かべたが、だめだと却下した。

「俺はきみの意思に従う。命じてくれればその通りに動くから、頑張って指示してくれ」

さぁ、と促《うなが》され、彼女は軽く絶望しながらも、諦めて掴《つか》んだ手を秘められた場所へと導《みちび》いた。

「下着の上からでいいのか」

「……脱がせて」

「じゃあ、お尻を上げて」

するすると下着を下へずらされ、脚から抜き去ると、股の間がスースーして落ち着かなくなる。

「それで？」

気を取り直し、今度こそようやく彼の手を目的地まで誘うことができた。

（この次は……）

「指を開いてください」

そのうちの中指を、秘豆へそっと押し当てる。

そして、彼の指を上から押さえるかたちで何度も触らせた。撫でるというより、ぐっ、ぐっ、と押しつけるようにして。

「はぁ、はぁっ、……んっ、ぁ……」

とろりと蜜を零《こぼ》し始める花びらも丹念になぞって、彼の指をまるで玩具のようにして快感を得ようとしている。

「中は、いいのか？」

耳元で語りかけるロバートの声も、どこか上擦《うわず》っている。シンシアはだんだん熱に浮かされていく感じがして、頭の中がぼんやりとしてきた。

（そうだ。中も、ロバート様は弄《いじ》っていた……）

秘裂を割って、指をつぷりと一緒に入れた。そこはもう、熱くて、たっぷりとした蜜で溺れそうになっている。きゅうきゅう締め付けられながら指は必死で蜜壁を擦《こす》り、溢《あふ》れた愛液がぷっくりと膨らんだ蕾《つぼみ》をせっせと濡らしていく。

「んっ……、はぁっ……ぁ、んんっ……」

「気持ちいいか、シンシア……」

「きもちいい……」

でも、いつものような快感には届かない。もどかしく、もっと積極的に指を動かそうとする。くちゅくちゅと鳴り響く水音に、シンシアとロバートの荒い息が混じり合う。

「シンシア。左の指が、空いている……」

彼女は何も考えず、ただそうしたいと思う気持ちだけで彼の左手を自身の胸に導《みちび》いた。するとロバートが意図を汲んだように、そこを愛撫していく。上と下の尖りを強く押しつぶし、撫でられると、シンシアはロバートの腕の中で身をくねらせ、甘い吐息を何度も漏らした。

（ああ、もう、もう……）

きゅっと、上の蕾《つぼみ》を強く摘《つま》まれ、シンシアはか細い悲鳴を上げた。それと同時に、蜜壺をかき混ぜていた指をぎゅうっと締め付けた。

「あ、あ、あぁ……」

「すごいな……咥《くわ》えて離そうとしないぞ、シンシア」

達した衝撃で身体がガクガクと震え、呼吸が乱れる。そんなシンシアをロバートはさらに後ろから強く抱きしめ、自分の頬を擦《す》り寄せてくる。

「これで俺がいない時でも、できるな」

そんなことはしないと緩《ゆる》やかに首を振れば、ロバートが笑った。

「そうだな。きみはここ数日の間も、ずっと穏やかに寝ていた。俺が寝顔を見つめても、気づかずぐっすりと眠って……」

「見て、いらしたの？」

「ああ。見ていたよ、ずっと……」

目が合って、唇をかぷりと優しく食《は》まれた。角度を変えて、何度も彼は唇を重ねてくる。

「ん、んん……はぁ、んむぅ……」

舌を入れてシンシアの咥内をねっとりと犯し、唾液を呑み込ませて、零《こぼ》れたぶんも綺麗に舐め取ってくれる。

「シンシア……」

全身の力が抜けてとろんとした目でロバートを見れば、彼はシンシアの夜着を手早く脱がせ、押し倒した。

「ん……」

首筋に顔を寄せられ、唇で触れられた途端、きつく吸われる。シンシアは痛みと甘い痺《しび》れを感じ、小さく悲鳴を上げてロバートの背中に腕を回して抱きつく。

「ん、ふぅ、ロバートさま、だめ、こんな、ぁんっ……」

彼は胸元にも舌を這わせ、ちゅうちゅうと吸って痕を残していく。硬く尖った蕾《つぼみ》を甘噛みして、吸うことも忘れなかった。

(ああ……)

シンシアはたまらなくなってロバートの頭を掻き抱いた。それはまるでもっと吸ってくれと催促しているような仕草だ。実際ロバートの舌と唇はさらに執拗《しつよう》にシンシアの白い肌を舐め、ちゅぱちゅぱと赤子のように吸いついてくる。

（だめ……おかしくなるのに、こんなこと、もう、っ……）

一度鎮まったはずの熱がまたぐつぐつと沸き上がってくる。

「ロバート、さま……」

シンシアの切なげな声にロバートは起き上がり、息を乱しながら自身の衣服を脱いでいく。露《あら》わになる鍛えられた裸身を、シンシアは目を逸らさず、じっと見ていた。

「挿入《いれ》るぞ」

両膝の裏を掴《つか》まれて開かされたと思えば、ぐっと折り曲げられ、カエルがひっくり返ったかのような格好をさせられる。恥ずかしい。でも……

「……はい、いれてください」

はやく挿入《いれ》て。はやく欲しいの。

そんなシンシアの願いを叶えるかのように、ロバートは蜜口に当てた剛直を一気に挿入してきた。

ずぶずぶと入ってきた熱い昂《たかぶ》りにシンシアは歓喜の声を上げてしまう。蜜襞が歓迎するようにロバートのものを締め付けると、彼はうめき声を上げた。

「あぁっ————！」

「シンシア……熱い……そんなに、締め付けたら……っ」

眉間に皺《しわ》を寄せ、彼は射精するのを必死で我慢しているようだ。は、は……と浅く息を吐いて、やがてゆっくりと腰を動かし始める。ぱちゅんぱちゅんと淫音が鳴り、シンシアが甘い声を上げると、じっと自分を見下ろすロバートと目が合ってしまう。

「あっ、だめっ、ロバートさま、あんっ、見ないで、こんなっ、あぁんっ！」

乳房がふるふると揺れ、決して人に見せてはいけない部分を露《あら》わにして、とてもあられもない格好をしているのに。

「断る。はぁ、きみは、俺の妻だ……そんな姿を見るのも、見せるのも、俺に、だけだ……！」

抽挿が激しくなった。媚肉を容赦なく擦《こす》られると、蜜がぐちゅぐちゅと泡立つほど生じ、溢《あふ》れ出てくる。

「あ、おく、おくにあたって、やぁんっ……！」

「奥がいいんだろう？　ほら、きつく、しまって、あぁ、もういきそうだっ……！」

ロバートの荒く吐き出される息。ぽたぽたと落ちてくる汗。握りしめられた両手。一番奥を突いてくる剛直。彼が与えるすべてにシンシアは翻弄《ほんろう》され、悲鳴じみた声で喘《あえ》いだ。

「やっ、もう、だめっ、いっちゃ、っ――――！」

「うっ、出るっ！」

熱い飛沫《しぶき》がどくどくと最奥へと放たれた。柔らかな媚肉はうねるようにロバートのものを締め付け、激しい収縮を繰り返す。

「はぁ、はぁ、はぁ……」

ロバートが倒れ込んできたと同時に、シンシアもぐったりと目を閉じて、二人の乱れた呼吸だけが部屋を満たした。

「シンシア……」

ゆっくりと目を開くと、紫色の瞳が覗《のぞ》き込んでいた。

(綺麗……)

この人はどうしていつもこんなに美しいんだろう。

(いつか、わたしの手から零《こぼ》れ落ちていくんだ……)

「なんで、泣くんだ……」

突然目を潤《うる》ませたシンシアを見て、ロバートは目を見開く。彼女は慌てて瞬《まばた》きを繰り返し、誤魔化すように微笑んだ。

「怖いくらいに気持ち良かったから……驚いてしまったんです」

ロバートは無言でシンシアを見つめていたが、やがて顔を近づけ、唇を重ねた。シンシアはまだ絶頂の余韻が抜けきらず、酸素を欲していたが、ロバートは夢中でシンシアの口を吸い口づけを繰り返していく。

そうするとシンシアの中に入っていたものが再び硬くなり、芯を持ち始めた。

「また、いいか……?」

こくんと頷くと、シンシアはロバートの背中に腕を回した。彼はシンシアをきつく抱きしめ返し、もう一度彼女の中を甘く蹂躙《じゅうりん》し始めた。

どうして彼はこんなに求めてくれるのだろう。夫婦の義務だろうか。一刻でも早く跡継ぎを作るためだろうか。

答えを知りたいと思いながら、シンシアはロバートの与えてくれる快楽に溺れた。

第二章　近づく距離、届かない心

「たまにはどこか出かけないか」

思えば結婚してから——結婚する前も、ロバートと個人的に外出することはなかった。

それなのに珍しく、彼はシンシアに余所《よそ》行きの格好をするよう告げ、侯爵家の馬車に乗せた。

「どこに、行くんですか」

「どこでも。きみが行きたいところ」

そんなところ、特にない。

「お仕事で疲れていらっしゃるんでしょう？　なら、家でゆっくり休まれた方がよろしいのでは？」

「外で遊んだ方が気分転換になって、日頃の疲れを解消できる」

なるほど。シンシアとは真逆のタイプらしい。

「わかりました。でも、行きたいところは特にないので、ロバート様にお任せしますわ」

彼は不服そうに眉根を寄せたが、ここで揉めては時間の無駄だと判断したのか、目的地を御者に告げた。

しばらくしてたどり着いたのは、王立歌劇場だ。

「歌劇《オペラ》は観たことない？」

落ち着かぬ様子でボックス席に座ったシンシアに、黒いトップハットを壁にかけながらロバートが尋ねてくる。

「ええ。あまり……」

王立歌劇場には多くの貴族が訪れる。学園時代も友人たちがお目付け役を連れて出かけて行くのをよく見かけた。しかしシンシアは、ロバートもきっと誰かと——キャロラインと一緒に観劇するだろうと思い、来てはいけない場所だと認識していた。

それにたくさんの視線が飛び交う場も、誰かを値踏みするような囁《ささや》き声も、薄暗くなっていく空間も、あまり楽しい場所とは思えなかったというのもある。

「個室だから、そんな緊張する必要はない」

「ええ……」

中は思ったより、狭かった。彼と二人きりだと、また別の緊張感が生まれてくる。

(歌劇《オペラ》に、集中しよう)

幸いにして、意識せずともシンシアは舞台に引き込まれていった。演者の歌声や演技に釘付けになっていると、ふと視線を感じ、ロバートがじっとこちらを見ていることに気づく。

「ロバート様?」

どうかしたのかと小さな声で尋ねれば、彼は我に返った様子で何でもないと目を逸らした。不思議に思ったものの、彼はもうこちらを見ず芝居に専念しているので、シンシアも舞台に意識を戻す。

最後まで、シンシアの手は固く握りしめたままだったけれど。

「――どうだった？」

「ええ。素晴らしかったですわ」

盛大な拍手と共に幕を閉じた物語に、シンシアはほぅと感嘆の息を漏らした。

(みんなが何度も観に来る理由がわかった気がする)

「今回は悲劇だったから、また来よう」

「悲劇はお嫌いなんですか？」

「だって後味が悪いだろう」

意外な返答に、シンシアは目を丸くする。

「なんだ、その顔は。俺がハッピーエンドを望むのはおかしなことか？」

「いえ……ただロバート様は、物語は物語だと割り切っていそうでしたので」

「二時間ちょっと椅子に座り続けて観るんだ。それ相応の結末でないと納得できないな。きみだって、本を読むなら幸せに満ちたものを読むだろう？」

「わたしですか？」

どうだろう、とシンシアは考えた。

「わたしは……悲しい結末でも、綺麗な終わり方だなと思います」

どちらかと言えば、みんないい人ばかりで、どんな困難があっても最後には必ず乗り越えて幸せになる話は読んでいて苦しく感じることがあった。どうしてだろう。自分ではとても彼らのように前を向いて歩くことはできないと、劣等感を刺激されるからだろうか。

それとも現実にいる人々は冷たくて、残酷だと知っているからかもしれない。

「そういえば学生の時も、そういった本を読んでいた気がするな……」

自分と肩を並べて本を読んだことを思い出され、気まずい思いが込み上げる。

「ええ。でも、やっぱりハッピーエンドの物語を読む方が多かったです」

(そもそも、そんなに本を読むことも好きだったわけではないけれど……)

一人ではないと、孤独ではなく何かに没頭しているのだと証明したくて、放課後ずっと文字を追いかけていた。

(ロバート様は、そんなわたしを知らない)

知らなくていい。知らないままでいてほしい。

あの時感じていた、惨《みじ》めで、寂しくてたまらなかった気持ちは、シンシアとは真逆の道を歩んできた彼には理解できないことだろうから。

「次は最近オープンした百貨店を覗《のぞ》こうと思うんだが、いいか?」

ロバートの提案にシンシアは何も思わず、素直に頷いた。

「何か買いたいものがあったら、遠慮なく言ってくれ」とロバートは言ってくれたが、シンシアには欲しいものが特になかった。

棚に綺麗に陳列された品々を眺めているだけで満足できたし、必要なものは屋敷に訪れる商人から定期的に買っているので、ここでわざわざ購入する意味はない。

しかし、何も欲しがらないシンシアにロバートは不服そうであった。

「ほら、このネックレスはどうだ？」

ガラスケースに飾られた真珠のネックレスを、彼は指差した。

「綺麗ですわね」

「なら――」

「でも、先週お義母様《かあさま》と一緒に買ったものがありますから」

シンシアがそう言うと、ぐっ、と彼は苦い顔をした。

「また母さんか……」

はぁ、とため息をついて、ロバートは先に行こうと促《うなが》した。

「買わないでよろしいの？」

「いい。きみが欲しいなら別だが……そうでもなさそうだしな」

百貨店にはいろんな店が集まっている。先ほどのはアクセサリーなどを扱った宝石店。次に向かうのはシンシアぐらいの女性が着る婦人服売り場だ。

（ロバート様、ご自身のものをお買いになればいいのに……）

店員はロバートたちの身なりを見てそれなりの上客であると判断したのか、あれこれと積極的に勧めてくる。彼は適当に聞き流しながら、一通り店内を見て回った。

「何か気に入ったものはあるか」

特に……と言いそうになったが、何かあるだろうという圧を感じて、シンシアはトルソに飾られたドレスに視線を注ぐ。

「あれは……」

「まぁ、お客様。お目が高い。こちらは当店で一番の目玉商品なんですよ」

すかさず得意げに話す店員を余所《よそ》に、ロバートは本当か、とあまり納得していなそうな表情でそのドレスを眺めた。

「これが今の流行なのか？」

「ええ。異国の文化を取り入れたデザインで、頭に長い布を巻いて、金色の宝飾品をつけるのが最先端のお洒落《しゃれ》です」

「しかし……背中が開きすぎじゃないか？」

ロバートの言う通り、うなじや背中のほとんどがぱっくりと見えるデザインであった。ついでに太股部分から深いスリットが入っており、脚が丸見えになると、彼は難しい顔をして指摘する。

「下に薄い布を重ね合わせて着ることもできますから、そこまで心配なさる必要はありませんよ」

「だがなぁ……」

ちらりとシンシアを見るロバートの視線に何かを察したのか、店員はシンシアに笑みを向けた。

「奥様は素敵だと思いますよね？」

「え、ええ……」

確かに今までのドレスを見慣れている人間にとっては、奇抜で受け入れ難《がた》いデザインに見えるかもしれない。しかしシンシアはわりと悪くないのでは？　と思っていた。

「布地が身体に寄り添っているからかしら……すらりと見えて、わたしは好き」

そう言うと、ロバートは目を丸くした。一方、店員はシンシアの同意が得られてぱぁっと顔を輝かせる。

「そ、そうなの？」

「ですよね！　最近はコルセットをつけないタイプのドレスも出始めて、作られた曲線美ではなく、その人本来の身体の線を出すという、自然の美で勝負するんです！」

熱意に若干押されつつ、店員の言いたいことが伝わってきた。

「どうです？　せっかくですから、購入なさっては？」

「でも……」

ロバートが嫌がるなら……と、シンシアが断ろうとした時だった。

「ではこれを購入する」

「えっ」

ありがとうございます！　と喜ぶ店員。

一方シンシアはどうして、というように彼の顔を見つめた。

「なんだ。これが気に入ったんだろう？」

「ええ。でも、ロバート様は……」

「きみが好きだと言うなら、別に俺の意見を気にする必要はない。着たいと思うものを、好きに着ればいいんだ」

(……着ても、いいんだ)

「そのわりにはご主人もいろいろとおっしゃっていましたよね」

店員に指摘されても、仕方がないだろうと彼は堂々と反論した。

「俺にだって好みはある」

「あら。本当はただ、奥様の背中が他の殿方の目に晒《さら》されるのがお嫌なだけではないのですか?」

「……さぁな」

ふふふ、と店員は意味ありげに笑い、嫉妬深いご主人ですねとこっそりシンシアの耳元で囁《ささや》いた。

彼女は、単にロバートの好みではなかっただけだろうと曖昧《あいまい》に微笑んだ。

「あっ、よろしかったらご購入されたドレスに合うアクセサリーもいかがですか?」

結局これも、ロバートから無言の買えばいいという圧を感じ、続けて購入することとなった。店員は大変満足した様子であった。

「他に買いたいものはあるか?」

「いいえ、もう十分ですわ」

購入品は後日自宅へ届けてもらうことにして、ロバートはまた店内を物色し始める。

「有名な作家の画集や、詩集を売っている店もあるぞ。他にも隣国から取り寄せた、若い女性に人気の本もあるみたいだ。読書好きのきみとしては、気になるんじゃないか?」

「そうですね……でも、図書室に読みきれないほどの本がありますもの」

「若い女性が好むような本はあまりなかったと思うが……じゃあ、他に気になるものは？」

「わたしは構いませんから、ロバート様のものを見てください」

「今日はきみが欲しいものを知りたい」

（そう言われても……）

ふと親子連れの客とすれ違い、女の子がにこにこしながら抱えていたクマのぬいぐるみが目に入った。

（かわいい……）

「なんだ。クマのぬいぐるみが欲しいのか？」

子どもっぽいと馬鹿にされそうで慌ててふるふると首を振ったが、逆にそうだと告げているようなものだった。

「おもちゃ屋は……」

「あのロバート様。本当に、もういいですから」

「せっかく来たんだ。見て損はあるまい」

行こう、と彼はシンシアと手を繋《つな》いで、女の子がやってきた方向へと向かった。

可愛らしい看板を目印に、店内は大変賑わっていた。

「ぬいぐるみ専門店か……」

「たぶん、クマ専門ですわ」

丸いテーブルにうずたかく積まれたクマ、棚いっぱいに飾られたクマ、掌《てのひら》サイズの小さいものから両手で抱きしめられるほどの大きさまで揃っているクマなど、ありとあらゆるクマが揃えられていた。

「女性客ばかりだな……」

男性もいるけれど恋人の付き添いか子どもの父親といったふうで、みなロバートのようにどこか居心地悪そうにしていた。

「あの、大丈夫ですか？」

「俺のことは気にしなくていいから、思う存分見てくれ」

（そんな顔で言われても……）

とりあえず一通り見て回って、早く店を出よう。

シンシアはそう思ってクマたちを見始めたが——

（あ……）

つぶらな黒い瞳と目が合ってしまい、自然と足を止めて見つめてしまう。

（なんでこんなに可愛いのかしら……）

大きすぎず、でも小さすぎることもない、ビスケット色をしたクマ。首元を飾るリボンの色はチョコレート色をしている。そっと手に触れた感触はふわふわで、まるで怖がらないでと言っているようだ。

「欲しいのか？」

「えっと……」

とっさに断ることができなかったのは、どこかに欲しいという気持ちがあったからだろう。ロバートもそうしたシンシアの気持ちを瞬時に見抜き、クマを手に取った。

「では、これを」

「そんな……」

「欲しくないのか？」

「……子どもっぽいですし」

「別にきみくらいの女性も見て回っているし、そこまで気にする必要はないだろう」

でも、とシンシアは素直に欲しいという気持ちを認めることができない。

「けっこうなお値段ですけれど……」

「貴族がいちいち値段なんか気にしてどうする。それにたかがぬいぐるみ一体でそこまで……」

するはずがない、と値札を確認したロバートが真顔になる。

「確かに……綿の詰め物にしてはけっこうな価値をお持ちだ。なんでこんなにするんだ？」

「それは……生地や手触り、抱き心地など、こだわった結果だと思います」

「なるほど。手間がかかっているから、女性や子どもたちを虜《とりこ》にしているわけだ。きみを含めて」

ロバートはシンシアを見てニヤリと笑った。

「よし。ではやはり買おう」

「けど……」

「夫から妻へのプレゼントだと思えばいい」

結局、シンシアはクマのぬいぐるみをロバートに買ってもらった。

そうして時間的にそろそろ帰ろうということになり、二人は百貨店を後にした。

「名前、何にするんだ」

「えっ？」

帰りの馬車で膝にクマを大事に抱えていたシンシアは顔を上げる。向かい側に座るロバートが窮屈そうに肘をついて、こちらを見ていた。

「クマの名前だ。つけて可愛がってくれと、買った時店員に頼まれたじゃないか」

「ああ……そうですね……」

何にしよう。クマの後頭部をそっと優しく撫でながら、シンシアは考え込む。

「大事にしたいから、もっとじっくり考えて決めようと思います」

「そうか。……そうだな。その方がクマも喜ぶか」

「ふふ。はい」

ロバートが真摯《しんし》にクマの気持ちになって考えてくれることがおかしくて、シンシアは微笑んだ。

彼はそんな妻からじっと目を逸らさず、楽しかったかと今日一日の感想を静かに問いかける。

「はい。劇も観ることができましたし、ドレスも、この子もプレゼントしてもらって……ありがとうございます」

クマの後頭部を見つめながらシンシアはお礼を述べる。

「そのクマを与えたことが、きみにとって一番の思い出になったみたいだな」

「そんなことは……他のことも、楽しかったです」

「けど買ってもらってからずっと、そのクマのことばかり見ているじゃないか」

おもちゃを買ってもらった子どもみたいだと言われているようで、恥ずかしくなる。

「でも、それだけ気に入ってもらえたなら、よかった」

「はい。一生大事にします」

「そこまでする必要はないが……可愛いものが好きなのか？」

どうだろう……。確かにこのクマはとても愛らしい見た目をしているけれど。

「猫とか、犬とか、好きなら飼ってもいいぞ」

「……いえ、生きているものはちょっと……怖いです」

見ているぶんには可愛いと思うが、実際飼うとなると世話が大変だろう。

「そうか……じゃあ、ぬいぐるみが好きなのか？」

「たぶん……」

曖昧《あいまい》な返事だな、と呆れたように言われ、シンシアは縮こまりながらも口を開く。

「……小さい頃、妹が誕生日にクマのぬいぐるみをプレゼントしてもらった光景を、なぜか今でもよく覚えているんです」

「きみは誕生日の日にもらわなかったのか？」

「ええ。わたしには本や筆記用具など……実用品が多かったです」

「欲しいって、言えなかったんだな」

その通りだ。

「妹や弟が生まれてから、姉として手本になるよう言われていたので……我儘になるかもって思っていたんです。呆れられたり、怒られるのが怖かった」

「……けどその気持ちは、ずっと今まできみの心の中に残っていたんだ」

ロバートはシンシアを見透《みす》かすように告げた。彼はすごい。妻がどういった人間か理解している。

シンシア本人よりずっと。

「シンシア」

「はい」

「きみにとっては難しいことかもしれないし、俺が言ったってきみにはひどく傲慢に聞こえるかもしれない」

ロバートの言葉に、シンシアは目を丸くする。

「でも、きみがやりたいと思うことや欲しいと思うことは、我慢しないで素直に口にしていいんだ」

「……でも、わたしなんかが望んでも……」

ロバートやキャロラインみたいに、何でもできて自信に満ち溢《あふ》れた人間なら、きっと許される。

でも何も持っていない自分はきっとだめだ。

生きているだけで感謝しなければならないのに。これ以上何かを望むなんて……

「自分なんか、って卑下するのは頼むからやめてくれ」

彼の表情は、まるでシンシアの言葉に痛みを覚えているように見える。

「人間なんてみんな自分勝手な生き物だ。いちいち自分なんかと卑屈になって、やりたいことを我慢するのは馬鹿げている」

「……わたしも、望んでいいんですか？」

「いいに決まっている」

ロバートに──ロバートが言ったからこそ、シンシアは許された気がした。

シンシアには持っていないものをすべて持って、シンシアには歩むことのできなかった眩《まぶ》しい道を歩き続けている彼だからこそ。

「きみは自分の気持ちを心の奥底に押し込んで、他者に判断を委《ゆだ》ねるかたちで今まで生きてきた。だから、きっと自分が何を好きなのか、わかっていないんだ」

「そう、かもしれません」

「焦らず少しずつ、知っていけばいい」

まるで主治医みたいにロバートはそうまとめた。

「ロバート様……どうしてそこまでわたしのことを気にかけてくださるんですか」

シンシアの疑問に、彼は目を丸くする。次いで目を泳がせ、口元を手の甲で隠した。うっすらと頬が赤いのは夕日のせいかもしれない。

「それはその……俺がきみの夫だからだ」

シンシアはすごいなと感心した。

好きでもない女と結婚したにもかかわらず、きちんと夫婦として夜を過ごし、外出にも誘い贈り物もしてくれたし、その上人生相談まで乗ってくれるなんて。

（本当に、わたしにはもったいないくらいの人……）

だからこそ、早く解放してあげたい、とシンシアは思った。


ロバートにもらったクマを、シンシアは宣言通り大切に扱った。リボンを付け替えて、洋服なんかも縫ってあげたりした。

（可愛い……）

人前では露骨に可愛がることはしなかったが、誰もいない時はぎゅっと抱きしめてその感触に癒《いや》される。

「名前はもう決めたのか」

ロバートが頻繁《ひんぱん》に尋ねてくるけれど、シンシアはまだだと答えた。

「早く決めてやらないと、クマが可哀想じゃないか」

シンシアが物書きをする机に飾られたクマを見ながら、ロバートはそうぼやく。

今日の彼は珍しく仕事をせず、昼間からシンシアのもとを訪れていた。何か用があるのかと尋ねても、別にと答えて、ただシンシアのすることを黙って見ていた。ずっと彼女は落ち着かなかったが、クマが話題にされたことで少しほっとする。

「ええ。でも、なかなかこれというものが決まらなくて……」

「もう簡単に、テディとかにしたらどうだ？」

「それもいいかもしれませんね……」

いいのか、と彼は自分で提案しておきながら、あまり納得がいっていないようだ。

「いっそのこと、ロバート様が名付けてくれませんか」

「俺が？」

「ええ。このクマはロバート様にプレゼントしてもらったものですし」

シンシアより、ロバートの方がしっくりくるものを名付けてくれそうだ。

「待て。それなら少し時間をもらいたい」

「そんな。思いついたもので構いませんわ」

「せっかくなら、長く愛着が湧く名前がいいだろう」

うーんと難しい顔をして考え出すロバートを、シンシアはじっと待った。

「……そうだ！　このクマも貴族の一員になったのだし、爵位で呼ぶのはどうだ？」

「貴族の称号で？」

「そう。デューク、マークイス、アール、バロン……」

「伯爵《アール》……」

シンシアの呟《つぶや》きに、ロバートがさらに妙案を思いついたといったような顔をして続けた。

「きみが侯爵家に嫁ぐ際に一緒にやってきた伯爵のクマ、アール。きみに幼い頃から仕え、きみが苦しい時、泣きそうな時、いつもそばにいてくれて……今もきみの幸せを見守っているクマ、というのはどうだ？」

「……ええ。すてき」

シンシアがロバートの顔を見て心から微笑めば、彼はやったというように無邪気な笑みを見せて喜んだ。

（ロバート様、こんな顔もなさるんだ……）

目を丸くするシンシアに、ロバートははっと我に返って咳払いする。

「じゃあ、アールということで決まりだな」

「はい。ありがとうございます」

アール、ともう一度呟《つぶや》くと、シンシアはクマが本当に幼い頃から自分のそばにいてくれた気がした。

「それより、今度はどこに行きたい？」

シンシアの隣にそれとなく腰かけて、彼はそっと手を重ねてきた。

「また買い物に行くか？」

「今度はロバート様のものを買いに？」

「それでもいいが……きみが行きたいところに出かけたい」

「行きたいところ……」

「ああ。どんなところが好き？」

じっと注がれる視線を横顔に感じながら、シンシアは囁《ささや》くように答える。

「静かなところ」

「静かなところ……湖とか？」

「静かであれば、どこでも構いません。朝の公園や、午後の図書館、平日の教会……」

「閑古鳥が鳴く店、とか？」

冗談めかして言う彼の指先に視線を落としたまま、シンシアは笑みを浮かべる。

「ええ。大好き」

じゃあ、と顎《あご》をそっと上向きにされ、微笑まれた。

「誰もいない庭で昼寝は？」

「ええ。好き」

まぶたの上にキスされた。おくれ毛を耳にかけられた指で、耳の形をなぞられる。くすぐったくても、シンシアはじっとしていた。

「人がたくさんいるところは苦手？」

「ええ、あまり好きじゃありません」

「わかった」

今度はこめかみや頬に音を立ててキスされる。少し横に距離を取ろうとすれば、長い脚で阻止された。諦めて目を閉じれば、耳孔に息を吹きかけられ、甘い声で確かめられる。

「じゃあ、俺と二人だけがいいんだな」

「……はい」

手持ち無沙汰な手が器用に絡め取られて、ぎゅっと握りしめられる。唇に柔らかな感触が当たり、閉じていた目を開ければ、もう一度深く口づけされた。

（まだお昼なのに……）

夫婦の営《いとな》みはもちろん、口づけも夜だけだった。屋敷であっても、他人の目が触れるところでは絶対にしない。これまで昼間は、ロバートはシンシアに触れてこなかった。

それが今日はどうしたのだろう。まだお昼だし、別にそういうことをしようと前もって決めていたわけでもない。ただの彼の気紛れだろうか、とシンシアは貪《むさぼ》るようなキスを必死で受け止めながらぼんやり思った。

「ロバート様……」

酸欠でシンシアの頬は赤く色づき、瞳が潤《うる》んでくる。唇は何度も吸って舐められたせいか、少し腫《は》れていた。指の腹で口元を拭《ぬぐ》いながら、ロバートはシンシアを長椅子に押し倒す。馬乗りになった彼を、彼女はぼんやりとした頭で見上げた。

「夫婦の寝室も、嫌いじゃない？」

「……嫌いじゃ、ありません」

「本当？」

「本当、んっ、でも……」

「でも？」

「時々、自分が自分でなくなりそうで、怖い、です……」

首元まで覆われた上着の釦《ボタン》を一つ一つ丁寧に外し、コルセットで締め付けた胸を零《こぼ》れさせると、ロバートは柔らかな谷間に顔を近づけた。そして舌を伸ばしてちろちろと舐めてくる。

「それは、気持ち良くて？」

「はぁ、はい、頭の中が、んっ、真っ白に、なって……」

胸に彼の吐息を感じ、シンシアの肌が汗ばんでくる。まだ硬くなっていない実を乳輪ごと吸われ、上擦《うわず》った声を上げれば、口を封じられた。燦々《さんさん》と光が降り注ぐ部屋は少し暑いくらいで、シンシアもロバートも熱に浮かされた表情で互いを見つめ合う。

「俺も、きみを抱く度に、今までの自分ではなくなるような気がする……」

足首まで覆われたスカートの中に彼の手が侵入してくる。いつもより乱雑な手つきは逆に早く繋《つな》がりたいと伝えられているようで、シンシアを昂《たかぶ》らせた。

「もう、濡れている……でも、いつもよりきつく咥《くわ》えてきているな。緊張してる？」

だって、とシンシアは眉根を下げて続ける。

「こんな、昼間から……」

「したことないから？」

こくんと頷けば、ロバートはそうか、と言って、なぜか指を引き抜いた。そうして中途半端に乱れたシンシアの衣服を最後まで脱がしていく。

「ロバート様？」

「きみの裸、明るいところで見たことなかったから、見せて」

「なっ……」

それは嫌だと身をよじれば、彼は逃さないとばかりに体重をかけた。

「いや、ロバート様。それはいやです……！」

「なぜ？」

「だって、誰かが部屋に入ってくるかもしれませんし……」

「そういうことになってもいいように、夫婦でいる時はみんな気を利かせて部屋には入らないよう予《あらかじ》め言いつけている」

「でも、何か緊急の用事ができたら」

「その時はその時だ。俺がきみに覆いかぶさって、服の代わりを果たそう」

「そんな……」

どちらにせよシンシアの衣服は長椅子の下へ滑り落ち、真っ白な肌を晒《さら》すことからは逃れられない。

ロバートは一糸まとわぬ妻の裸体を食い入るように見つめた。恥ずかしくて胸元を隠そうとしたシンシアの手は素早く掴《つか》まれ、頭の上で一纏《まと》めにされる。彼は一言も発さず、ただひたと熱い視線を注いでいて、まるでシンシアの裸を目に焼きつけようとしているようだ。

（やだ……そんなに見ないで……）

見られているだけなのにだんだんシンシアの呼吸は荒くなってきて、胸が大きく上下する。

「綺麗だ……すごく……今まで見なかったのが惜しいくらい……」

彼の指が、ツーっと肌を滑っていく。

「ん……っ」

触れるかどうかの絶妙な触り方に感じたシンシアは、腰を浮かせて胸を突き出してしまう。ロバートに見てくれといわんばかりの格好に涙目になった。

「見ているだけで、きみのここは尖ってきそうだな」

「そんなこと、ありませんっ……」

「そうかな？　だが……」

ロバートの言葉を証明するように、ぷっくりと先端が勃ち上がってくる。さらに彼が口を近づけ、はぁ、と息を吹きかけると、シンシアの身体がぴくんと震え、乳嘴《にゅうし》もツンと存在を主張する。

「シンシア、吸っていい？」

「だめっ」

「そうか。なら舐めることにしよう」

それもだめだと告げる前に、ロバートはシンシアの蕾《つぼみ》を舐め始めた。舌先で器用にころころと実を転がすように舐めていたかと思うと、舌先でほんの少しだけつついた後に、ねっとりと嬲《なぶ》るように舐める。

「ふ、ぅん……だめ……それ、おかしく……っ」

もっと欲しいとシンシアが思い始めたところで、ちゅうっとロバートが強く吸った。

「ぁんっ……、や、吸っちゃだめ……」

「ん……吸ってないよ。キスしているんだ」

わざとシンシアに聞かせるよう派手なリップ音を鳴らし、ロバートはシンシアの蕾《つぼみ》を丹念に舐めしゃぶった。乳首だけでなく、乳輪や脇、胸の谷間にも顔を埋《うず》めてシンシアを味わい尽くそうとする。

（やだ、こんなのはずかしいのに……わたし……）

お腹の奥が切なくなってくる。脚の間がむずむずして、無意識のうちに擦《す》りつけてしまう。

「はぁ、ぁ、あ、あっ……、んっ――」

シンシアの声の調子が変わったところで、ようやくロバートは舐めるのをやめた。身体を起こし、前髪を払ってシンシアの顔を確かめようとする。

「シンシア。もしかしていった？」

ロバートの問いかけに、ぼうっとしていたシンシアは、慌ててぶんぶん首を横に振った。その必死さがおかしかったのか、ロバートが笑って「本当？」と尋ねてくる。

「本当です！」

「そうか。じゃあ、直接見て確かめよう」

そう言うやいなや、彼はシンシアの膝を持って、胸までつくよう折り曲げた。そして尻をぐっと自分の方へ引き寄せて持ち上げると、秘められた場所を露《あら》わにする。明るい場所で、しかもロバートの吐息を感じるほどの近さに、シンシアは悲鳴を上げた。

「ロバート様、そんなところ見ないで！」

「濡れてる……シンシア、すごく、濡れているよ……」

彼はシンシアの制止など耳に入っていないようで、しっとりと濡れた花びらを左右に割り開き、淡いピンク色の媚肉へ指をぬぷりと沈めた。莢《さや》も捲《めく》って、隠れていた小さな粒を露《あら》わにすると、指にまとわせた蜜をせっせと塗り込めていく。

「あっ、ぁっ……」

くちゅっ、ちゅぷっと鳴る音に反響するように、シンシアの口から甘い声が零《こぼ》れ落ちる。身体の力が抜け、自然と自分から脚を開いた。シンシアの尻が下がっていくにつれて、ロバートの体勢が犬が伏せをするようなものへと変わる。

呼吸もどんどん荒くなっていき、ロバートが不意にちゅっと花芯に口づけを落とした瞬間、シンシアはぎゅうっとロバートの顔を太股で挟んでしまう。

ロバートが視線をシンシアに向ける。彼女はとろんと潤《うる》んだ目で手を伸ばし、ロバートの両頬を挟んだ。

「どうした。シンシア」

気持ちがいい。——でも、もっと気持ち良くなりたい。

「ロバート様……」

それだけでシンシアの望みを見抜いたのか、彼は起き上がって覆い被さってきた。

「ん、ふぅ……、ん……」

唇を奪われ、胸やぴくぴくと浮き上がる尻を忙《せわ》しない手つきで撫で回される。

「はぁ、はぁ……、ロバート、様……もう、ぁん……」

ぐりぐりと服越しに押し当てられる熱い昂《たかぶ》りを肌に感じ、シンシアは蜜壺からとろとろと蜜を零《こぼ》す。服が汚れちゃう、と熱に浮かされながらも心配していると、彼が手早く前を寛《くつろ》げ、蜜口に怒張を突き入れてきた。

「んんぅっ――！」

「シンシア……シンシア……」

そうして何度も自分の名前を呼びながら、抽挿を繰り返す。シンシアは一番感じる浅いところをゆっくりと擦《こす》られ、たまらなくなって彼の頭をかき抱いた。

「シンシア、ゆっくりと速く、どちらがいい？」

「あっ、どちらも、あぁっ……」

「どっちもいいのか？　欲張りだな」

「ち、ちがっ、どっちもおかしくなるから、はぁっ、だめっ……」

シンシアの言葉を真逆に受け止めたロバートは、腰を激しく動かして粘膜をこれでもかというほど擦《こす》ってくる。いやらしい蜜がどっと溢《あふ》れて、ばちゅばちゅと淫靡《いんび》な音がシンシアの耳を犯した。

「どうだ？　気持ちいいか、シンシア」

「きもち、あんっ、いいから、もう、おやめになって、ひゃぁっ……」

「今日は、ずいぶんと素直じゃないな。いつもは、あんなに俺にしがみついて、これが欲しいって、ねだるじゃないかっ……」

『これ』で奥を深く突かれ、シンシアは背中を反らした。

「ああ、またきつく……そうか、奥がよかったんだな」

「はぁっ、だめ、ロバートさま、もうっ……」

その時、コンコンと扉が叩かれ、シンシアはビクッと肩を震わせた。同時に咥《くわ》えていたものを締め付け、ロバートがうっ、と眉根を寄せた。

「奥様。弟のエリアス様がお見えになっております」

（エリアス……！）

シンシアは一気に現実へと引き戻され、慌ててロバートから離れようとする。しかし彼にそれを許さぬと言うように中を攻められ、彼女は思わず小さな悲鳴を上げた。

「奥様？　どうかなされましたか？」

「すまない。彼女は今、俺と大切な話をしている最中なんだ」

シンシアが目で抗議すると、ロバートは静かに、というように彼女の口を塞《ふさ》ぎ、悪戯《いたずら》っぽく微笑んだ。

「母上がいらっしゃるだろう？」

「はい。今ちょうど、お相手をなさっておられます」

「そうか。なら話が終わり次第向かうから、それまで相手をしてくれるよう頼んでくれ」

ロバートは話しながらも、シンシアの中を行き来するのを忘れなかった。

先ほどよりもゆっくり、焦《じ》れったくなるほど慎重に。

（だめ、がまん、しなくちゃ……あぁ、でも……）

熱がどんどん溜まっていく。

「奥様も、それでよろしいですか？」

もどかしい。もっと強く突いてほしい。もっと奥を――

「奥様？」

はっと我に返る。今、自分は何を考えていた。何を望んでいた？

「えっ、ええ……お義母様《かあさま》とエリアスには、はぁ……悪いけれど、今、どうしても、外せない用事が、ある、から……」

シンシアが話す度、ロバートは腰を動かそうとする。だめ、と彼女が首を振っても、聞いてくれない。

「かしこまりました。ではそのようにお伝えしておきます」

使用人がそう答える中、しっとりと汗ばんだシンシアの肌に彼は指を這わせ、吸いついて痕を残そうとする。上と下の甘い責め苦に身体を小刻みに震わせながらも、彼女は必死で耐えようとした。けれど――

（もう、だめっ……）

くちゅりと音が鳴って、涙が零《こぼ》れた。

「ああ、頼む。それから、もしかすると話が長引いて、行けなくなるかもしれないから……」

（だめ、動かさないで……）

——動いて。激しく突いて！

シンシアの本心を読んだように、ロバートが笑みを深め、奥にあったものをぎりぎりまで引き抜いた。たっぷりと湧き出た愛液が外へかき出され、水音が微《かす》かに漏れる。

「その時は待たずに、先方の都合でお帰りいただいてけっこうだ」

「承知いたしました」

では、と遠ざかっていく足音に彼女はようやく身体の緊張を解いた。それを待っていたというように、ロバートは奥まで一気に突き入れた。

「あぁっ……！」

内臓を押し上げるような圧迫感。シンシアの中は大きくて熱い塊で埋め尽くされ、その形と質量を否応なく身体に刻みつけられる。

「シンシア、危なかったな。あと少しで、ばれていたかもしれないっ！」

ロバートはシンシアの片足を自分の肩にかけさせ、さらに奥深くまでねっとりと突き上げてくる。

シンシアはか細い悲鳴を上げながら、もうやめてと繰り返した。快感で目の前がちかちかする。

「ロバートさまっ、こわいっ、もう、わたしっ、おかしくなって……っ」

「おかしくなれっ、俺と一緒にっ——！」

「あっ、あっ、あぁ——」

喉を反らして喜悦の声を上げたシンシアの中に、ロバートはどくどくと熱い精を注ぎ込んだ。しばらくの間、はぁはぁという二人の浅い息づかいだけが部屋の中に響く。

やがてロバートは潤《うる》んだ目でこちらを見上げるシンシアに気づき、目を丸くした。

「シンシア……」

「ひどい、ロバートさま……あんな……」

扉で隔《へだ》たれているとはいえ、使用人の前で営《いとな》みを続けるなど……あんまりだとシンシアは夫を責めた。

「姿は見られていない」

「そういう問題じゃありません！」

どうしてそんな危ない真似をするのだと、シンシアは珍しく腹を立てた。自分のあられもない姿を誰かに見られ、それがエリアスや義母に知られたかもしれないと思うと恥ずかしくてたまらなかった。

「シンシア……何も泣かなくていいだろう……」

ぽろぽろと涙を零《こぼ》すシンシアに、ロバートが困った顔をする。そして泣き止まない彼女を宥《なだ》めるように顔を寄せ、頬を擦《す》り寄せた。

「きみが必死で我慢している姿が、可愛かったんだ」

可愛くない。みっともないだけだ。

「もう、しないでください……」

「ああ。わかった。もうしない……だから泣き止んでくれ」

ロバートはシンシアの涙を口で吸い、そのまま唇を舐めていく。疲れて動けない彼女は好きなようにさせるしかなかった。

(早く、エリアスたちのもとに……)

しかしロバートはいつまでも唇を貪《むさぼ》って、シンシアを離そうとしなかった。もうだめ、というように彼女が顔を背《そむ》けてささやかな抵抗をしても、耳元で小さくシンシアの名前を繰り返して、自分の目を見つめるよう促《うなが》す。

「ロバートさま……」

その綺麗な瞳を見ていると、シンシアは逆らえず、自分のすべてを差し出してしまう。

「シンシア……」

髪を梳《す》かれ、頬を撫でられ、顔を寄せられる。咥内へ入ってくる舌先は甘く、息が苦しいのに拒むことができない。目を閉じることなく見つめ合っていると、そのうち互いに熱を持ち始めて——

結局日が暮れるまで二人は部屋から出てこず、シンシアはぐったりとした様子でロバートに介抱される姿を使用人に目撃されるのだった。

◇

「シンシア。気分転換に、散歩にでも行かないか」

それからロバートは、何かにつけてシンシアを誘うようになった。最初、彼女はロバート一人で行った方がいいのではないかと遠回しに告げてみたが、そうすると彼の機嫌が悪くなるので、今は素直に同行している。

(なんで急に誘うようになったのかしら……)

仲の良い夫婦だと周囲に思わせるためだろうか。それにしては……

「あの、ロバート様」

「なんだ」

「いえ……じっと見つめられると、食べにくいです」

たまには外で食事をしようと言われ、ホテルのレストランに連れて来られたのだが、視線が気になって味がわからなくなる。今だけではなく、今日一日ずっとこんな感じだ。

(いいえ、ここのところ、ずっと……)

気づいたら、彼の視線を感じる。

「わたしに何か、言いたいことでも？」

「別に。ただ小さい口だなと思って……」

「はぁ……」

何を考えているのか、よくわからない。

「俺のことは気にせず、食事に集中するといい」

それが難しいから勇気を出して尋ねてみたのに。

そんなことを思いつつ、どうにか食事を終えて、二人は席を立った。

「帰るのが面倒だな……今日はホテルに泊まろうか」

「そんな急に……予約もしていませんし」

「一部屋ぐらい空いているだろう」

「でも明日、お友達が遊びに来る約束があるんです」

「午後からだろう？　それまでには帰れるから」

「でも……」

（テーブルをセッティングして、お茶会に相応《ふさわ》しい服装をして……いろいろ準備だってあるのに……）

ロバートだってそれくらいわかるだろうに、なぜか今日に限っては頑《かたく》なだった。

「母さんがいるだろう」

「ロバート様……」

シンシアが困った顔をして見つめれば、彼も無理を言っている自覚はあるのか、明後日の方向に目を逸らす。

「面倒かもしれませんが、頑張って帰りましょう」

ね？　と励ませば、彼は「違う……」とボソリと呟《つぶや》いた。

「え？」

よく聞こえなかったと顔を寄せると、ロバートはシンシアに寄りかかるようにして腰に手を回す。

内緒話をするような小声で、彼は本音を打ち明けた。

「家だと母さんや使用人がいて、きみと二人きりになれないだろ……」

珍しく、ロバートの視線はシンシアを見つめていなかった。どこか恥ずかしげに見えるのは、食事の時に飲んだお酒のせいだろうか。

（どういう意図で、言っているのかしら……）

愛のない結婚でも、彼なりに情が湧いてきたのだろうか。

「部屋では、二人きりになれますけれど」

「そういうことではなくて……朝起きたら使用人が起こしに来るし、朝食の時も、母さんがいる。きみと二人きりではない」

シンシアはどう答えていいかわからず、目を丸くして彼の横顔を凝視した。それに気づいたロバートが不機嫌そうに目を合わせる。

「きみも、嫌いじゃないんだろう？」

「でも、それは……」

「嘘だったのか？」

どこか傷ついた顔をするロバートに、シンシアはまたしても驚く。そして慌てて首を振った。

彼にそんな顔をさせてはいけない――させたくない、と思って。

「いいえ。そうじゃなくて……明日は用事があるから、また別の日にしてほしいんです」

「別の日なら、俺と泊まってくれる？」

「はい」

「俺とまた、出かけてくれる？」

ロバートのお願いに、シンシアはなぜか頬が熱くなり、とっさに俯《うつむ》いてしまった。

「シンシア」

顔を覗《のぞ》き込もうとするロバートに、シンシアはこくこくと頷く。その必死さがおかしかったのか、ロバートが笑いを零《こぼ》した。シンシアが酷いと言うように名前を呼べば、彼はごめんと謝ったけれど、嬉しそうな表情は変わらないままだった。

「ありがとう。じゃあ、約束だ」

小指と小指を絡めて、子どものように約束させられる。

（人がいるのに……）

それでも無邪気に笑うロバートが眩《まぶ》しくて、彼女は何も言えなかった。

（こんなふうに、ロバート様と会話する日が来るなんて、あの頃のわたしには信じられないだろうな……）

「ロバート様は……」

「うん？」

信じられないことが起こったせいで、シンシアは自然と口にしていた。

「わたしと二人きりでも、嫌ではありませんか」

放課後の図書室を思い出す。赤の他人に見えるよう、一人分の席を空けて座った距離。一言も発することなく、互いの視線が交わらなかった時間。義務が終われば、すぐに帰って行ったロバートの背中。あの時と同じで今も——

「嫌じゃないよ」

ロバートは大事なことを伝えるように、ゆっくりと繰り返した。

「きみと二人でいるのは、嫌いじゃない。……嫌いだったら、誘ったりしない」

両手を握られ、シンシアは真っ直ぐロバートに見つめられた。

「……それなら、よかったです」

微笑むシンシアに、ロバートも優しく目を細める。周りの視線や喧騒《けんそう》も、今はなぜか気にならなかった。ロバートだけが、シンシアの目の前にいる。彼も、同じだろうか。

「じゃあ、今日はきみのお願いを聞いて大人しく帰ろうか」

「はい。ありがとうございます」

触れる距離も、以前ほど緊張しない。

いつか、彼が隣にいることが当たり前になっているだろうか。

「あら、ロバート？」

思いがけない声を聞いて、やはりそんな日は来ないのだと、シンシアはすぐに心の中で否定した。

「キャロライン……」

学生時代、ロバートの恋人だったキャロラインがそこにいた。

彼女は既婚の女性らしく赤い髪を後ろでまとめ、胸元を深く切り込んだ濃い緑のドレスを着ていた。ほっそりとした首には金色のネックレスがつけられており、品良く彼女の美貌を引き立てていいる。昔と同じ——いやそれ以上に、彼女は美しくなっていた。

そんなキャロラインの華やかさにシンシアは圧倒され、逃げ出したい気持ちになる。

「本当に久しぶりね！　元気にしていたかしら？」

「ああ」

嬉しそうに駆け寄ってくるキャロラインに対し、ロバートはそっけなく答えた。その反応がつまらなかったのか、彼女は隣のシンシアへと目を向けた。

「初めまして……でもないわよね？」

「はい……お久しぶりです」

『あなたみたいな人と結婚しなければならないロバートが可哀想』

キャロラインの言葉を、シンシアは今でも覚えている。あれからロバートと駆け落ちするのではないかと思っていたが、そんなこともなく、彼女はあっさり他の人と結婚した。

（今、こんなにもあっけらかんと話しているのはどういうつもりかしら……）

二人の関係はいまだに続いているのだろうか。それとも学園を卒業すると同時に終わってしまったのだろうか。あるいはこれから——

「キャロライン。待ってくれ」

慌てた声と共に、彼女の後方からふくよかな身体をした男性が見えた。せかせかとこちらへ歩いてくるその姿に、キャロラインは小さく眉根を寄せる。

「あなたが歩くのが遅いのよ」

「すまない。どうも私はきみと脚の長さが違って……おや、そちらの方たちは……」

彼はシンシアたちの顔を見ると、トップハットを上げて、にこっと笑いかけた。

「初めまして。家内がお世話になっております。夫のゴードン・ジェニングスです」

「これはどうも、ジェニングス子爵。お会いしたいと思っておりました。ロバート・カーティスと申します。こちらは妻のシンシアです」

「ああ。メイソン家の……あなたのお父上には何度もお会いしたことがありますよ」

ゴードンはシンシアににっこりと微笑んだ。初対面ではほとんどの人間に対して緊張してしまうシンシアだが、彼に対しては不思議と親しみやすさを覚えた。

「まさかこうしてお会いできるとは思わず――」

「ねえ、ゴードン。お仕事のお話なら、私とロバートは席を外しましょうか」

苛立《いらだ》たしげに口を挟んだキャロラインを見て、ゴードンは慌てた。

「いや、そんな必要ないよ」

「そう？　別に遠慮しなくていいわよ。私もロバートと話したいことがあるし……そうだ。なんなら一緒に食事でもしましょうよ」

「悪いが、俺たちはすでに済ませてしまってね。もう帰るところなんだ」

「あら、そうなの？　残念。でも何だか意外だわ。あなたとシンシアさんが一緒に食事するなんて。何か用事でもあったの？」

含みを持たせるようなキャロラインの物言いに、ロバートは微《かす》かに眉根を寄せた。

「用事はない。ただ妻と食事がしたかったから、俺が誘ったんだ」

「まぁ、そうなの。珍しいわね」

「別に。夫婦で食事くらい、普通だろう」

「そう？　学生時代のあなたたちの関係を知っていると、どうしても意外に思ってしまうのよ」

「学生の時と今じゃ違うだろう」

「人間の本質って、そう簡単に変わるわけじゃないわ」

「何が言いたい」

「さぁ」

険悪になり始めた二人の雰囲気に耐えられず、シンシアは「あのっ……」とゴードンに話しかけた。

「ゴードン様も今夜は奥様とディナーに？」

彼は突然話を振られて目を丸くしたものの、すぐに笑みを浮かべて答えてくれた。

「ええ。妻がどうしても行きたいと言いましてね」

「あら。あなたの方が私にお願いしてきたんでしょう」

ロバートとの会話に熱中しているかと思えば、キャロラインはきちんと聞いていたらしく、横から口を挟んでくる。

「そうだったかな？　まぁ、どちらでもいいさ。きみと食事するのは楽しいから」

さらりと述べられた言葉に、キャロラインは一瞬怒っているようなよくわからない表情をして、ふんとそっぽを向いた。

「あなたとの味気ない会話より、ロバートと話す方がずっと楽しいわ」

悪気があるのかないのか、妻の言葉にゴードンは困った顔をする。シンシアは彼が今感じていることを、まるで自分が言われたかのように共感し、胸を痛めた。

「きみは相変わらず言葉に棘《とげ》があるな」

見かねたロバートが呆れたように言う。

「そう？　私は事実を言ったまでだけど」

「夫婦の時間を楽しくするには、互いの歩み寄りが大切なんじゃないか」

ロバートの助言に、キャロラインは鼻で笑った。

「ロバート。あなた、いつからそんなに説教臭くなったの？」

「それは失礼した。きみに煙《けむ》たがられないよう、我々はもう失礼するとしよう」

行こう、とロバートはシンシアを促《うなが》した。ムッとするキャロラインに、まぁまぁと宥《なだ》めるゴードン。シンシアもまた申し訳ないような居たたまれない思いを抱えながら、二人に挨拶《あいさつ》して去ろうとすれば、キャロラインの声が呼び止めた。

「シンシアさん。また近いうちに、お会いしましょう」

『あなたみたいな人、私嫌いだわ』

挑戦的なその目は、過去の台詞《セリフ》を思い出させた。きっと彼女は、まだシンシアのことを嫌っているだろう。でも、自分にはどうすることもできなかった。――今は、まだ。

「……ええ。いずれまた」

そうして隣のゴードンにも微笑む。

「ゴードン様も、今度はゆっくりとお話ししましょう」

そんなことを言われると思っていなかったのか、彼は榛色《はしばみいろ》の瞳を丸くして、けれどもちろんだというように頷いてくれた。


「どうかされましたか」

帰り道。馬車の中でシンシアはロバートの視線を感じながら、何も言い出さない彼にとうとう自分から尋ねた。

「……いや。別に」

別に、というわりには瞳は何かを訴えかけている。

「キャロライン様と、話し足りなかったのですか？」

「は？」

鳩が豆鉄砲を食ったような顔をするロバートに、違うのですかとシンシアは首を捻《ひね》る。

「キャロライン様ともっと話したくて、でもあんなかたちで別れることになってしまったから、後悔して……」

「違う！　なんでそうなる⁉」

責めるように否定され、シンシアはごめんなさいと謝った。そうすると、ますます彼は苦しい顔をして、そうじゃないと首を振った。

「……そちらに、行ってもいいか」

「狭く、ないですか」

「狭くても構わない。……きみの隣にいたい」

縋《すが》るような目で頼まれれば、シンシアに断ることはできない。

ロバートはシンシアの隣に腰掛け、膝の上に行儀よく置かれた彼女の手を握ってくる。

そのまましばらく沈黙が流れた。彼は、話したいのになかなか打ち明けられないというような顔をしている。

「きみは……」

「はい」

「キャロラインと俺が、まだ親しい関係だと思っているのか」

ロバートの声はとても緊張しているように聞こえた。

まるでシンシアに尋ねるのが、シンシアの答えを聞くのが怖いというように。

(怯《おび》えることなんて、何もないのに)

彼がキャロラインと特別な関係であっても、シンシアは何も言わない。

そもそも嫌だと言う資格なんて、自分にはないのだから。

「ええ。思っています」

重い沈黙が流れる。

「確かに彼女とは、学生時代の時に……そういう関係だった。でも、きみと結婚してからは一切会っていない。さっきのが、本当に久しぶりの再会だったんだ」

「はい」

「シンシア」

ロバートの真剣な目に、きっと嘘はついていないと思った。跡継ぎのことを考えると、一番説得力がある。彼は義務を放棄して、自分の好きなことを優先する性格ではない。

「信じますわ」

だからシンシアは、安心してほしいというように微笑んだ。

「シンシア……」

しかしロバートの顔は浮かないままだった。てっきり晴れやかな表情を見せてくれると思っていたシンシアは、不安になる。

「ロバート様？」

「きみは……」

何か言いかけたロバートは、グッと言葉を呑み込んだ。代わりにシンシアの頬に手を添えて、顔を寄せてくる。

口づけをするのだろうと思ったが、彼は見つめてくるシンシアの視線に気がつくと苦しそうに眉根を寄せ、これもまたやめてしまった。シンシアを引き寄せ、ぎゅっと抱きしめる。

（どうしたのかしら……）

聞きたかった。自分に間違いがあるのなら正してほしかった。でもシンシアには尋ねる勇気はなく、ただじっと、ロバートの体温を感じていることしかできなかった。


キャロラインと再会して数週間が過ぎた。

近いうちに、と彼女は言っていたが、きっと今日がその日だったのだろう。

「ハーヴィー男爵はついこの間まで平民と変わらぬ貴族だったんだが、陶磁器会社を経営していてね。異国風の陶磁器が国王夫妻の目に留まって、国民や隣国にも流行した結果、大金持ちになったわけさ」

ロバートの説明を耳にしながら、シンシアはなるほどと辺りを見渡した。豪邸とも言える男爵家のパーティーに泊まりがけで招待されたのは、貴族だけではなく、商会の人間やその家族も含まれていた。

「王都の郊外にこんな広い土地があるなんて、知りませんでした」

「相当金があるんだろうな。今日俺たちが泊まる屋敷も、ホテルみたいな作りらしい」

わざわざ列車に乗って遠くから足を運ぶ客人もいるとのことだ。

（いろいろと縁ができそうな集まりね……）

気が進まないような顔をしつつロバートが出席したのも、仕事のためだろう。

シンシアも夫の付き添いとして、断ることはできなかった。

（でも、人が多いわ……）

おまけに強い日差しが肌を突き刺すように降り注いでくる。

「シンシア。大丈夫か」

ロバートが気遣う眼差しでシンシアの身体を支えた。大丈夫だと答えても、本当かと深刻な顔をして確かめてくるので、シンシアは笑ってしまった。

「はい。本当ですわ」

「無理な時は、正直に言ってくれ。すぐに帰ってもいいんだから」

「いいえ、そんな――」

「姉さん！」

快活な呼び声に二人揃って振り向けば、クリーム色のスーツに身を包んだ青年――エリアスが片手を上げてこちらへ走ってきた。

「やっぱり！　姉さんも来ていたんですね」

「エリアス。あなた、どうしてここに……」

やだなぁ、と彼は朗《ほが》らかに笑う。

「僕もメイソン家の跡継ぎとして呼ばれたからに決まっているじゃありませんか」

その言葉に、シンシアは緊張した。

強張《こわば》った顔の姉に、エリアスは大丈夫だと安心させるように優しい声で告げた。

「父上は他のことで手が離せないから、代わりに僕を寄越したんです」

父は来ていない。シンシアはほっと胸をなで下ろした。

そしてようやく、ロバートがエリアスと顔を合わせるのが初めてだと気づく。

「あ、ロバート様。この子がわたしの弟の、エリアスですわ」

彼はシンシアの腰に手を添えたまま、どうもと微笑んだ。

「夫のロバートです。きみが噂のエリアスだね」

「初めまして、ロバート様。姉がいつもお世話になっています」

エリアスはマーシア夫人を相手にした時と同じように、ロバートに対しても、物怖《ものお》じしない口調で挨拶《あいさつ》をする。

「あの、ロバート様。先ほどおっしゃった『噂の』というのはどういう意味でしょうか？」

「うちの母に気に入られた、稀有《けう》でありがたい青年という意味だ」

「ええ、そうなんですか？　それは光栄だなぁ」

「光栄なのか？」

「もちろんですよ。姉がいつもお世話になっている人ですから。僕も仲良くなれば、姉さんも困らないでしょう？」

恥じらいもなくさらりと答えたエリアスに、ロバートは少々驚いたようだ。

「きみはお姉さん思いなんだな」

「はい。姉には世界で一番、誰よりも幸せになってほしいと願っていますから」

エリアス、とシンシアは恥ずかしくなって弟の腕を軽く叩いた。でもエリアスはにこにこしたまま、気にしている様子はない。

「いいじゃないですか、姉さん。せっかくこうしてお会いできたんですから」

「そうだな。せっかくだから、いろいろ教えてくれ」

もちろんです、と言ってエリアスは二人を案内し、パラソルのついたテーブルに腰を下ろした。

そうしてすぐそばを通りかかった給仕係からグラスを受け取って、シンシアへと手渡す。

「姉さん。今日は暑いでしょう？　倒れないよう、飲んどきなよ」

「ありがとう、エリアス」

「向こうのテーブルにキュウリのサンドイッチもあるみたい。僕、取ってきますね。あっ、ロバート様はどうしますか？」

「俺も、同じもので構わないよ」

「わかりました。でも、人気で一つしかなかったら、姉さんに譲ってあげてくださいね」

「ああ、そのつもりだ」

じゃあ、と彼は軽食が用意されているテーブルに向かって、あっという間に人混みの中に消えてしまった。

「……ごめんなさい、ロバート様」

葉巻を取り出して吸おうとしていた彼は、シンシアの体調を気遣ってか手を止める。

「なんできみが謝るんだ。面白い子じゃないか」

「でもあの子、少し忙《せわ》しないというか、相手を気にせず接するところがあって……」

「確かにわざわざ自分で取りに行かず、給仕に持って来させればよかったのにな……だがまぁ、別に気にしないさ」

それに、と葉巻をシガレットケースに戻してポケットに仕舞うと、ロバートはシンシアをちらりと見た。

「噂以上に、姉思いの弟らしい」

しばらくして、サンドイッチに加え、いろいろ気になる茶菓子を調達してきたエリアスが席に着く。そして、ロバートからこれまでの経歴をあれこれ聞かれることとなった。

「へぇ……きみは寄宿学校に通わなかったのか」

「はい。出来が悪くて、家庭教師につきっきりでずっと教えてもらっていたんです」

「きみと話していると、とても出来が悪いとは思えないがな」

「そんなことありませんよ。僕、いっつも先生に怒られていましたから」

「本当か？」

「本当ですよ。ね、姉さん」

話を振られたシンシアは、ええと微笑んだ。

「でも勉強ができないからというより、落ち着きのない態度を先生は叱っていらしたわ」

「そうだっけ？」

「そうよ」

質問されたら、それなりにきちんと答えていたので、よけいに性質《たち》が悪いと言えよう。

「姉さん、よく覚えているなぁ」

「ずっとあなたの隣に座っていたんですもの。忘れたくても、忘れられないわ」

「きみも、一緒に学んでいたのか？」

思わず、といった様子でロバートが口を挟んだ。

シンシアが肯定すれば、彼はそう、と何か考えるように呟《つぶや》く。

「ロバート様。姉さんは僕と違って、先生に褒められていたんですよ」

「大人しく授業を聞いていただけよ」

「課題だって、きちんとやっていたじゃありませんか」

「……でも、間違いが多かったわ」

真面目に授業は受けているのに、結果には出ない。

いつも残念そうに言われるのが、シンシアは辛かった。

「課題は間違うものだろう」

過去を思い出して落ち込むシンシアに、ロバートがそう言った。その言葉を、彼女は意外に思った。エリアスも、そうですよと同意する。

「何度か間違えて、いずれ正解を導《みちび》き出せるようになるためのものなんですから、気にしなくていいんですよ」

エリアスはそう言って、シンシアの皿に自分の分のサンドイッチを取り分ける。

「これ、美味《おい》しかったでしょう？」

「でも、あなたのものが」

「僕は代わりにこちらのケーキを食べますから。あ、よかったら姉さんのぶんも食べますよ？」

「……そう言って、本当はあなたが食べたいだけでしょう？」

「残念。ばれてしまいましたか」

「あなたの甘い物好きは昔からですもの」

シンシアは思わず笑ってしまった。エリアスもそんな姉の笑顔を見て同じ表情になる。

「……きみたちは、本当に仲がいいな」

二人のやり取りをじっと見ていたロバートがそう呟《つぶや》いた。

シンシアは彼のことを忘れて、ついいつものように弟と接してしまい、まずいと思った。

「ロバート様は僕と違って優秀だったんですよね」

エリアスが話題を変えるように口にした言葉に、シンシアは助かったという気持ちで乗っかる。

「そうなの。ロバート様、とても優秀だったのよ」

「へぇ。じゃあ姉さん、勉強でわからないところがあったら、すごく頼りになっただろうね」

「それは……」

言葉に詰まったのは、ロバートを頼ったことなど、今まで一度もなかったからだ。彼は馬鹿なシンシアには見向きもせず、聡明なキャロラインを相手に常に一歩先を学んでいた。

そもそも、勉強について話すこともしなかった。互いに何かを話したことすら――

黙り込んだ二人に、エリアスは気まずそうな顔をする。

「あれ？　何か僕、まずいこと聞いちゃった？」

「いいや、きみは何も気にすることはないさ」

ロバートが席を立ちながら、そう告げた。

「少し、客人に挨拶《あいさつ》してくる。きみはここで休んでいるといい」

「ロバート様。どこに……」

目も合わせぬまま去っていく彼の後ろ姿が気になって、シンシアも立ち上がった。

「姉さん?」

「エリアス。やっぱりわたしも、ロバート様と挨拶《あいさつ》してくるわ」

弟が何か言う前に、シンシアの足はロバートのもとへ向かっていた。


「ロバート様、待って……!」

シンシアは人混みを上手く掻き分けることができず、ロバートがどんどん遠ざかってしまう。

(だめ、追いつけない……)

シンシアは流れに逆らうことをやめ、立ち止まった。

こんな時でも自分は彼を呼び止めることができない。そんな自分を周りの喧騒《けんそう》が嘲笑《あざわら》っているように聞こえ、泣きそうになる。

情けなくて足元に視線を落とした時、こちらを向く革靴が目に入った。顔を上げれば、シンシアを心配した面持《おもも》ちで見つめるロバートと目が合う。

「どうした、シンシア」

何かあったのか、と問いかける声も、今は頭に入ってこない。

「シンシア？」

「聞こえて、らしたの？」

「ああ。きみの声、いつもは小さいけれど、さっきのは大きかったから……」

シンシアは大きな声を出したつもりでも、いつも小さいと注意されてきた。

だからきっと、ロバートにも聞こえていないと思ったのに。

でも、彼にはちゃんと届いていた。

「シンシア？　体調でも悪いのか？」

「あ、いえ。大丈夫です」

「無理しないで、エリアスのところで休んでいればいい」

客にぶつからないよう背中を庇《かば》い、戻るよう促《うなが》すロバート。

違う、とシンシアはとっさに彼の手を握っていた。

「シンシア？」

「わたし、あなたを追いかけてきたんです」

「……どうして？」

どうしてだろう。ロバートを放ってエリアスとばかり話していたから、彼を怒らせてしまったから……だから謝らなきゃと思って？

（……ううん。違う、と思う）

それもあるかもしれないけれど、一番の理由ではない気がした。ただ、去っていくロバートの背中が何だか——

(寂しそうで、傷ついているように、見えたから……)

「あなたを、放っておけなくて……」

シンシアの言葉に、ロバートは瞠目《どうもく》した。

「その、放っておけないというのは決して馬鹿にしているわけではなくて、えっと……」

「ああ、わかっている」

ロバートはシンシアから握られた自身の手を見つめ、優しい声と表情で頷いた。

シンシアはいつにないロバートの態度に無性に落ち着かなくなり、本来の用件を聞くことにする。

「あの、お客様にご挨拶《あいさつ》なさるんですよね？　わたしもご一緒して構いませんか」

「無理してないか？」

「していません」

なら、と彼はシンシアに寄り添い、人々の喧騒《けんそう》とは別の方向へ彼女を導《みちび》く。

「ロバート様？」

彼の向かう先——自然の森を見立てた庭には、人の姿は見当たらない。誰もおらず、鳥の囀《さえず》りがやけに大きく耳に響いた。ロバートはふと立ち止まり、ぽつりと呟《つぶや》く。

「……挨拶《あいさつ》をするつもりはなかった」

「え？」

ではどうして……と思ったシンシアだったが、その理由にピンときた。

「やっぱり、エリアスとわたしに怒って席を立ったんですか？」

「違う。腹立たしく思ったのは……自分にだ」

「ロバート様に？」

どうして、と彼女はますますわけがわからなくなった。

「ロバート様は、何も悪いことをしていませんわ」

「そんなことはないだろう」

彼は短く、けれど重いため息をつき、シンシアをそっと抱きしめてくる。まるで何かを恐れているように思えたのは、触れた身体が強張《こわば》っていたからだ。

「きみのことを蔑《ないがし》ろにして、今までたくさん酷いことや失礼なことを言った。そういう行動も、キャロラインと付き合っていたことだろう。シンシアは以前より胸の痛みを感じたが、気づかない振りをして微笑んだ。

「……いいんです。もう」

仕方がない。だってシンシアよりキャロラインの方が魅力的だったのだから。今も、そうだ。

けれどロバートは、我慢してシンシアと結婚してくれた。

「ロバート様は今、こうしてわたしの夫として隣にいてくださるんですから、わたしはそれで十分です」

「……きみは優しすぎる」

「そんなこと――」

「それとも俺のことを……だから」

彼は何か呟《つぶや》いたけれど、シンシアには聞こえなかった。そっと彼の顔を窺《うかが》えば、夕食をとったホテルから帰る途中、馬車で見せた時と同じ表情をしていた。

(そんな顔しないで)

自分まで、苦しくなる。

「謝っても、きみを傷つけたことが許されるとは思っていない。それでも……すまなかった」

シンシアは呆然としてロバートを見つめた。彼がこんなことを言い出すなんて、思ってもみなかった。

「ロバート様、わたしは……」

言いかけたものの、先が続かない。

何と返すのが正解なのか、彼がどんな言葉を望んでいるのか、想像がつかなかった。

(わたしは、どう思っているんだろう……)

何をロバートに望んでいるのだろう。自分のことなのに、シンシアにはわからなかった。

今までずっと、ロバートは自分に期待していないと思っていたから。

子を産むこと以外、求められていないと思っていたから。

「……そろそろ、戻ろうか」

沈黙に耐え切れなくなったのか、はぐらかすように目を逸らして彼は言う。

「もう、戻るんですか」

「ああ。きみの弟も、心配しているだろう」

確かにエリアスのことだから、帰ってこない自分を探しているかもしれない。

それでも、シンシアはどうしようもなく寂しかった。触れる距離は変わらないのに、なぜか彼の心が遠くに行ってしまったようで、そのことに傷つく自分がいた。

(……いいえ、もともとわたしと彼は別の世界に住む人だったもの)

これが当たり前だったのだ。ただ少し、勘違いしてしまっただけ。わかっている。

――でも、思い出すのはロバートの優しく微笑んだ顔だった。

『きみと二人でいるのは、嫌いじゃない』

そう言ってくれたのに、彼はシンシアのいないところへ行こうとしている。

(あれは嘘だったの?)

初めて、シンシアの胸にロバートを責める気持ちが湧いた。


その後、ロバートは学生時代の友人と合流して、シンシアはエリアスと共にキャロラインの夫――ゴードン・ジェニングスと再会した。

「やっぱりお会いできましたね」

ゴードンは朗《ほが》らかにそう挨拶《あいさつ》して、キャロラインも友人と会っていることを教えてくれた。彼女もロバートも学園で華のある人間だったので、友人も当然大勢いた。

「私は学生の頃、身体が弱くて。人間よりも枕と仲が良かったんですよ。だから学校なんて通えなくて、でも自宅で勉強するといっても、とてもそれどころではなくて。遅れを取り戻すのに、しばらく苦労しました」

ゴードンが病気で臥せがちだったこともだが、辛い過去を何でもなかったことのように話している様子にシンシアは驚いた。

「ゴードン様にそんな辛い過去があったとは……人に歴史ありですね」

一緒に話を聞いていたエリアスがしみじみと呟《つぶや》けば、ゴードンは笑った。

「本当に。でもあの苦しみがあったからこそ、生きていることの素晴らしさを実感できましたし、キャロラインのような素晴らしい女性と結婚することもできましたから」

そこまで言うと、ゴードンは「あ」と声を上げた。彼の視線を辿《たど》ると、ちょうどキャロラインが戻ってくるところだった。隣にロバートも連れて。

シンシアは見てはいけないものを見てしまった気がして、紅茶の上にそっと視線を落とした。

「お三方、楽しそうに話しているのね」

「きみの話をしていたんだよ」

「あら、そうなの」

ロバートは何を言うでもなくシンシアの隣に腰を下ろす。そのことになぜかほっとした。

「あ、よかったら席を代わりましょうか？」

エリアスがゴードンの隣をキャロラインに譲ろうと席を立てば、彼女はエリアスを上から下まで素早く値踏みするように眺め、「けっこうよ」とそっけなく断った。

そしてえっ……という顔をするエリアスを放置して、彼女はロバートの隣に腰を下ろした。ロバートは一瞬眉根を寄せて彼女をちらりと見たものの、身体をシンシアの方へ向けて無視する。

（何かあったのかしら……）

「えっと、その、なんだかすみません……」

良かれと思ったことが相手の機嫌を損ねてしまい、エリアスは気まずそうに着席した。ゴードンとシンシアは自然と顔を見合わせて困った顔をする。たぶん、お互い心の中は同じだ。

「キャロライン様。こちら、わたしの弟のエリアスですわ」

シンシアの弟だとわかると、キャロラインは先ほどよりも興味を持って、エリアスの顔をじろじろと観察してきた。

「へぇ……顔は似ていないけれど、雰囲気は似ているんじゃない？」

「そうですか？　そんなこと、初めて言われました。嬉しいです」

へらへら笑うエリアスを、キャロラインは気味が悪そうに見ていたが、やがて何かを思いついたようにグッと身を乗り出した。

「ね、あなた、馬には乗れる？」

「え？　馬ですか？」

「そう。乗馬」

どうなの、と重ねて尋ねてくるキャロラインに、エリアスはシンシアをちらりと見て答えた。

「いえ……残念ながら、全く乗れないんです」

「そうなの？」

「はい。もし振り落とされたらって思うと、怖くって」

エリアスの答えに、キャロラインは満面の笑みを浮かべた。そうして、隣に座るロバートの肘を親しげに突く。

「ほら、ロバート。弟さんもそばについているんだから、大丈夫でしょう？」

「だめだ」

ロバートはきっぱりと言い放った。

さっぱり話の見えない二人の会話に、ゴードンが割って入る。

「キャロライン。きみたちは一体何の話をしているんだい？　きちんと教えておくれ」

「明日、この屋敷の森を馬に乗って散策しようって話が出ているの」

「へぇ。それは楽しそうだ」

「でしょう？　さっき学生時代の友人たちと集まってね、すごく楽しみって話をしていたんだけれど……」

彼女はそこまで言って、視線を合わせないロバートの方を咎《とが》めるように見た。

「ロバートだけ、参加しないって言うのよ」

「別に俺だけじゃないだろう。客人の中には、乗馬しない者だって大勢いる」

「やぁね。同じ学校で学んでいた、私たちの友人たちの中ではって意味よ」

シンシアはだんだん不安になってきた。キャロラインの追いつめるような口調のせいだろうか。

それともこちらを見ないロバートの、思いつめた表情のせいだろうか。

ゴードンもそうしたロバートを心配してか、妻を窘《たしな》めた。

「キャロライン。ロバートくんが嫌がっているなら、無理強いするのはよくない」

「あら。無理強いじゃないわ。だってロバート、馬に乗るのは大好きですもの」

「しかしだね」

「彼が遠慮しているのはね――」

「キャロライン」

挑発的な眼差しは遮《さえぎ》るロバートの顔をすり抜け、シンシアを真っ直ぐ射貫いた。

「シンシアさんを一人にさせるのが可哀想だからよ」

(ああ、またわたし……)

彼の足を引っ張っている。

シンシアは久しぶりに、自分の出来の悪さを突きつけられた気がした。

久しぶりに、と感じたのは、結婚してからは誰も自分を責めなかったからだと気づいた。

「キャロライン。きみの言葉は間違っている。俺がシンシアといたいから乗馬はしないと言っているんだ」

「だったら、シンシアさんも参加すればいいわ」

シンシアは馬になど乗ったことがない。怖くて、乗ろうという気にもなれなかった。それにロバートの友人たちは、シンシアが加わることをきっと気まずく思う。

ロバートもそれがわかっているのだろう。苦い顔をして、キャロラインを見る。

「きみも話のわからない人だな」

「ロバート。我慢するの、よくないわよ。いいじゃない、シンシアさんも参加すれば」

「しつこい」

ロバートがガタンと音を立てて椅子から立ち上がる。シンシアの手も一緒に掴《つか》んで。

「俺たちは参加しない。きみ一人で参加しろ」

失礼する、とロバートはシンシアの腰に手を回して部屋へ戻ろうとする。キャロラインが憤慨したようにロバートの名を呼んだけれど、彼は一切振り向かなかった。


「あの、ロバート様」

「すまなかった」

キャロラインの誘いを断って本当にいいのかと尋ねるよりも早く、ロバートが謝った。

「きみに不快な思いをさせた」

「大丈夫です。わたしは気にしていませんから」

思えばこういったことには慣れている。だから大丈夫。気にする必要なんかない。

そう思って微笑むシンシアを、ロバートは鋭く咎《とが》めた。

「だめだ。気にしてくれ」

「でも」

「きみが気にしないなら、俺が気にする」

彼は憎々しげにキャロラインの名を呟《つぶや》いた。

「あんなふうにきみの前で言うなんて……馬鹿にしている」

感情を押し殺した、けれどそれゆえ強い怒りが、触れた身体から伝わってくるようだった。整った顔もいつもより凄《すご》みがあって、自然と前にいた人々が道を開ける。

屋敷へ戻り、使用人に案内させると、夕食は部屋へ運ぶよう頼んで彼は扉を閉めた。

シンシアは解放されたけれど、ロバートは苛立《いらだ》った様子で広い部屋の中をぐるぐる歩き回っている。こういう時はどうすればいいんだろうと悩んだが、とりあえず落ち着かせようと、シンシアは彼の腕を取り寝台の縁へと座らせた。

そうして水を飲ませようと立ち上がれば、素早く手を掴《つか》まれた。

「どこへ行く」

「お水を持ってこようと思って」

「喉は渇いていないからいい」

「では何か他のものを」

「いらない。いらないから……どこにも行くな」

シンシアは驚いたけれど、なぜかひどく優しい気持ちになる。そっと彼の隣に腰を下ろし、大きな手の甲に自分の掌《てのひら》を重ね合わせた。

「はい。どこにも行きません」

しばらく、二人の間には沈黙が流れた。シンシアはこれまで、ロバートとの間に沈黙が流れたらずっと何か言わなくてはと焦りが生じていた。

でも今は、不思議とそんな気持ちにならず、彼の言葉を待つ。

「……すまない。醜態を晒《さら》した」

「落ち着きましたか？」

「ああ。本当に、すまない」

あまりにもロバートが何度も謝るので、シンシアは少しおかしくなってしまった。笑う彼女を、彼は怪訝《けげん》そうに見つめる。

「何かおかしなことを言ったか？」

「いえ、なんだかいつもと逆だと思って」

いつも、シンシアが謝ってばかりいた。ロバートも思い当たる節があるのか、ばつが悪そうな顔をして、重ねた手に視線を落とす。

「……そうだな。あの頃は、きみの考えていることがわからなかった」

「今は、違うのですか」

「今は……今も、正直わからない時がある」

でも、と彼は続けた。

「あの時は、わかろうとしなかった。今は……わかりたくても、聞けない自分がいる」

ロバートが顔を上げ、二人の視線がぶつかった。自嘲するように彼は言った。

「キャロラインを責めたくても、俺にそんな資格があるのかと思う」

「ロバート様……」

「こんなことをきみに言うのも卑怯な気がして、嫌になる」

シンシアからすれば、ロバートはずっと正しい道を歩んできた。自分の考えに絶対の自信を持って、後悔なんてしてない道を。そんな彼でも間違うことがあるのだと、シンシアは衝撃を受けると同時に、なぜか不思議な気持ちになった。

「わたしに、何をお聞きになりたいの？」

縋《すが》るような目で見つめるのならば、教えてほしい。シンシアはそう思ったが——

「いや、言わない」

「どうして？」

「……きみはきっと俺の望んだ答えをくれると思う。でも、それは俺が欲しい答えじゃないから」

謎かけのようなことを彼は言う。

「わたしが、だめなんですか？」

「いいや。きみに悪いところは何もないよ」

(じゃあ、どうしてそんな辛そうな顔をするの)

「悪い。変な話になったな。夕食まで時間があるし、今からでもどこか出かけるか？　それとも部屋で――」

「ロバート様。わたし、明日の乗馬に参加しますわ」

シンシアの言葉に、ロバートは信じられないという様子で彼女を見つめた。

「……なぜ」

「キャロライン様が、せっかく誘ってくれたんですもの。ロバート様も、ご友人と楽しみたいでしょうし」

「俺は別にそんなこと望んでいない」

第一、と彼は苛立《いらだ》った口調で告げる。

「きみは馬に乗れないんだろう？」

「まったく乗れないわけではありません」

小さい頃、エリアスとポニーに乗ったことはあった。馬とは違うだろうけれど、ロバートを納得させられるならそれでいい。

「ね、ロバート様。参加しましょう」

シンシアがお願いするように言えば、ロバートはもう何も言わなかった。


翌日。乗馬するにはうってつけの青空が広がっていた。

だが結局、シンシアは乗馬には参加しなかった。馬を目の前にして、やはり怖いと思ったのだ。

「シンシア……」

馬上から見下ろすロバートの眼差しにも、彼女はいつも通り困った顔を返すことができた。

(大丈夫。最初からこうなるってわかってて、言ったんですもの)

「ロバート様。わたしのことならお気になさらず、どうぞ楽しんできてください」

「いや、きみが残るなら俺も——」

「ロバート。ここまで来てやっぱりやらない、はないんじゃないの?」

身体にぴったりとフィットした白いキュロットに、シャツの上から黒いジャケットを羽織った乗馬服姿のキャロラインが、馬に乗ったままロバートたちの会話に口を挟んできた。

「シンシアさんも直前になってやっぱり無理だなんて、迷惑だわ」

「シンシアはもともと、行く気じゃなかった」

「じゃあ、あなたがやっぱり行きたかったってことじゃないの」

「違う!　俺は——」

「まぁまぁ、お二人とも。落ち着いてください」

見かねたエリアスとゴードンが間に入り、二人を宥《なだ》める。

「姉さんは僕たちと一緒にいますから、ロバート様もそんなに心配しなくていいですよ」

「ああ。私もついているから、ロバートくんはのんびり楽しんでくるといい」

「ほら。二人もこう言っているんだから」

三人にそう言われても、ロバートは納得がいかないという顔をしていた。彼の目は、シンシアへと向けられる。

「シンシア。本当に行っていいのか」

不安そうな、縋《すが》るような目。行かないのか、と遠くから呼びかける仲間の声。ロバートのことを待っている人たち。——シンシアは、はいと頷いた。

「……そうか」

ロバートは一瞬、裏切られたような、ひどく傷ついた表情をしたけれど、すぐに感情の読めない顔を作り、シンシアから視線を逸らした。

「ほら、ロバート。シンシアさんもこう言っているんだから——あっ、ロバート！」

彼はキャロラインを待たず、馬を走らせて行ってしまった。キャロラインはぶつぶつと文句を言いながら、追いかけて行く。

「——さて、では我々も楽しみましょうか」

「そうですね。……行こう、姉さん」

ぼんやりと二人を見送っていたシンシアの手を、エリアスがそっと握る。

彼女は振り返り、心配する弟に向かって微笑んでみせた。ひどく弱々しい微笑みで。


「家内がすまないね」

ハーヴィー男爵のコレクションだという絵画や美術品が飾られた部屋を回っている最中、ゴードンが申し訳なさそうな声で謝ってきた。

「昨日の夜も、あまり無理強いしてはだめだと言ったんだけれど……どうも私の言うことは、彼女の気に障るらしくて」

「気になさらないでください」

シンシアの言葉に、ゴードンは眉尻を下げる。

（この人はわたしと似たところがあるのかもしれない……）

「ゴードン様。お聞きしても、よろしいかしら」

「ええ。私で答えられることなら、どうぞ」

エリアスは誰かと話している様子だったので、部屋から出て、回廊に置いてあった長椅子に二人は腰かけた。自分から聞きたいことがあると言ったものの、シンシアは本当に口にしていいものか迷った。それを見抜いてか、ゴードンが目を細める。

「あなたは私と似ているところがおありなようだ」

「……実はわたしも、同じことを思いましたわ」

「なるほど。それは、性格でしょうか。それとも……パートナーに関して悩みを持っている点でしょうか」

似ていると思っても、さすがゴードンはシンシアより年齢が上なだけある。シンシアの考えていることなどお見通しのようだ。

「……わたし、ロバート様とは家の都合で結婚したんです」

「そうだったんですか」

「ええ。もともと性格も何もかも正反対なところがあったので、彼の考えていることがよくわからなくなってしまうんです」

「なるほど」

そんなに長い付き合いでもないのに、ゴードンの纏《まと》う柔らかな雰囲気のせいか、何を言っても穏やかに答えてくれる口調のせいか、シンシアは自身の抱えていた気持ちを素直に吐露してしまう。

「それは、もうずっと前からですか？」

「いいえ。最初は……婚約者の時も、結婚した頃も気にしませんでした」

「ふむ。ではその時は、相手のことがわかっていたんですか？」

「……いいえ」

その時も、わからなかった。わからなくて当たり前だと思っていた。

「では、なぜ急に気にし始めたのですか」

「それは……」

なぜ、だろう。膝の上に置いた手をぎゅっと握りしめて、シンシアは俯《うつむ》いてしまう。

ゴードンはそれ以上追及することはなく、優しい眼差しで彼女を見つめる。代わりに今度は自分の悩みを聞いてほしいと話し始めた。

「私はキャロラインと六つ、年が離れております」

シンシアは真剣な表情をして彼の話に耳を傾ける。

「私の実家は建築資材の会社を経営しておりましてね、外国のデザインを取り入れた家具なんかも製造しているんです」

異国文化に対する好奇心は年々大きくなり、食や衣服、日常雑貨など様々なものがこの国に持ち込まれていた。

「ここよりずっと東にある国の家具が、我が国とはまた違った趣《おもむき》がありましてね。輸入して売ってみたら、そこそこ成功したんですよ。ですから会社をもっと大きくして、今度は自分たちで作りたいと思ったんですが、少々資金が足りなくて……どうしようかと悩んでいたところ、妻の実家、スペンス家の当主が援助の話を持ちかけてくれたんです」

「そこで、キャロライン様との結婚の話が？」

「ええ。ですが実は、最初は悩んでいたんです。借金してでも、自力で何とかするべきではないかと思いまして。しかし……」

ゴードンはそこまで言うと、気恥ずかしそうな顔をして笑った。

「妻と出会って、あれこれ考えていた悩みは、すべて吹き飛んでしまいました」

つまり彼はキャロラインに恋に落ちてしまったというわけだ。

「私は資金よりも、彼女と結婚できる方が重要だと思って、スペンス家の申し出を受けました」

（すごい。恋愛小説みたい）

利害関係で結婚するのが当たり前の中、ゴードンは自分の好きな人との結婚を決めたのだ。

「素敵ですわね」

「はは、お恥ずかしい。……けれど、妻はどうも私のことを、お金目当てで自分を選んだと思っているようでして」

「そんな……」

「まぁ、私はロバートくんのように美しい容姿をしておりませんから、そこも気に入らないのかもしれません」

確かにゴードンはふっくらとした体型で、背もあまり高くはない。

しかし醜いということはなく、愛嬌のある顔立ちで、ロバートにはない魅力がある。

「ゴードン様には、ゴードン様の良さがありますわ」

「ありがとう、シンシアさん。私もね、妻に対しての愛情なら、誰にも負ける気はしませんから」

ただ、と彼は寂しそうな顔をして悩みを零《こぼ》す。

「自分の気持ちが相手に届かないというのは、ひどくもどかしく、辛くもあります」

（相手に届かない……）

「伝えようとしなければ、もちろん相手には届きません。でも……伝えても相手に届かなかったら、その時はどうすればいいんでしょうね……」

ゴードンに示せる答えを、シンシアは持っていなかった。

「ジェニングス子爵。ちょっと、よろしいですか」

不意に彼の知り合いだと思われる男性が声をかけてきて、ゴードンはシンシアに少し席を外すと告げた。残された彼女のもとにエリアスがやってきて、隣に腰かける。

「彼への人生相談は終わった？」

「まぁ、エリアス。あなた、聞いていたの？」

「いいえ。でも、お二人の顔つきから、そうなんじゃないかなと思いまして」

普段はどこか抜けているエリアスだが、時々妙に勘のいい時がある。今もそうだ。

困った顔をするシンシアに、エリアスはにこっと笑い、立ち上がる。

「姉さん。せっかく二人きりになったんですから、楽しみましょうよ」

差し出された手は、ロバートではなく弟のもの。

シンシアはふとそんなことを思いながら、彼の手を取った。


近くの遊歩道を歩いていたシンシアは、エリアスの誘いを受けてボートに乗ることにした。太陽の光に晒《さら》される水面はきらきらと輝いており、日傘を差して見つめていたシンシアは目を細める。

「懐かしい。昔もこうして、遊んだことがありましたよね」

「そうね。怖がるわたしを、あなたが必死に宥《なだ》めて乗せて、釣りをしたのよね」

「そうそう。姉さんが垂らした釣り糸が引いて、僕が慌てて手伝って釣り上げたと思ったら、長靴だったんですよ」

「ふふ。しかもボロボロだったのよね」

「あれには笑っちゃいましたよね」

「本当に」

くすくす笑みを零《こぼ》すシンシアを、オールを漕《こ》ぐ手を止めたエリアスが、じっと見つめてくる。

「エリアス？」

「よかった。笑顔になって」

弟に心配をかけてしまったと気づいた彼女は、そっと目を伏せた。

「ごめんなさいね、心配させてしまって」

「何か、悩み事があるのなら聞きますよ」

「……エリアス、わたしね……」

言いかけて、シンシアはゆらゆら揺れる水面に目を向ける。川辺は静かで、彼女が好きな場所。ロバートが尋ねてくれて、初めてそうだと思った場所。

――もし、彼が乗馬に行くことがなければ、自分をここに連れて来てくれただろうか。

「……ううん。何でもないわ。そろそろ戻りましょうか」

中途半端に会話を終わらせてしまったが、エリアスは追及することなくへらりと笑った。

「そうですね。ジェニングス子爵のお話も終わったことでしょうから、また合流してお茶でもしましょうか」

シンシアはほっとして、そうねと答えた。

ボートを岸に寄せ、ひっくり返らないように恐る恐る立ち上がる。先にエリアスが桟橋《さんばし》へと上がり、シンシアの日傘を受け取ると、最後に彼女へと手を伸ばした。

この瞬間はやはり怖い。

「大丈夫。水に落ちても、すぐに僕が掬《すく》い上げますから」

「そういうこと、言わないで」

シンシアは落ち着こうと深呼吸した後、勇気を出してボートから足を離した。

浮遊感があり、縋《すが》るように弟の手を握りしめる。無事に陸地へと立てたことで、シンシアは安堵する。

「ありがとう、エリアス。もう、だい――」

大丈夫だから。そう告げる前に、勢いよく身体を引き寄せられ、抱きしめられた。

「エリアス？」

彼は何も答えない。ただシンシアが離れようとすればするほど、腕の拘束が強まる。

嬉しいことや楽しいことがあったりすると、彼はよく抱擁でその感情を伝えてくる。でも今は別にそういった雰囲気ではない。

「エリアス。どうしたの？　離して」

抱擁を解かない弟に、シンシアは困惑する。

「僕が怖い？」

耳元で、そっと囁《ささや》かれる。彼女は目を瞬《またた》いた。

「いいえ」

他の誰かを怖いと思うことがあっても、エリアスだけは怖いと思ったことはなかった。

「あなたは、わたしの弟だもの」

「守らないといけない、可愛い弟？」

「ええ、そうよ」

ふわりと微笑んで肯定すれば、エリアスはようやく解放してくれた。

「……どうしたの？」

どこか具合でも悪いのではないか。そう思って伸ばしたシンシアの手を、エリアスが握りしめる。

ふと、固い何かが掌《てのひら》に握らされていることに気づいた。

「これは……鍵？」

「はい。メイソン家の屋敷とは別に、部屋を借りたんです。狭いんですけれどね」

「……どうして？」

伯爵家の嫡男なのだから、堂々と王都のタウンハウスに住めばいいし、それが嫌なら別にもっと立派な住まいを与えてくれるはずだ。それなのにどうしてわざわざ――

「自分で生活をしてみようと思って」

「自分で……」

「はい。メイソン家の人間も、使用人もいなくて、全部自分で何でもできるようになりたいんです」

弟の言葉に、シンシアはしばし呆然とした。ショックを受けたと言ってもいい。

彼は――彼だけは、自分が守ってやらなくてはいけない存在だと思っていたから。

（いいえ、違う）

エリアスはもともと、できる子だった。彼と離れ離れになる時、突きつけられたことではないか。

（わたしが、だめなんだ）

自分だけ、上手くやれない。どうしていつもこうなんだろう。

（……もっと、強くなりたい）

今より上手に生きたい。そうすればきっとロバートも……シンシアはそこまで考え、微笑んだ。

「すごいのね、エリアス。そんなことを考えるなんて……」

この鍵は、エリアスの自立の証《あかし》なのだ。

「大切なものでしょう。失くしてしまわないよう、ちゃんと持っていないと」

「鍵は二つあります。一つ、姉さんに差し上げます」

「わたしに……？」

シンシア、とエリアスは彼女の両手を包み込むように固く握りしめた。

「もし、ロバート様との生活で辛いことがあったら、僕のところへ来て」

自分とロバートとのぎこちない関係を、エリアスは察している。弟に気を使わせたことを、シンシアは情けなく思った。

「……ありがとう。でもこれは、あなたの大切な人のために取っておくべきよ」

返そうとしても、彼は笑って受け取ってくれなかった。

「じゃあ、それまでは姉さんが持っていてください」

「エリアス……」

彼はそう言って、またシンシアを抱き寄せた。今度はぎりぎり頬に触れるような距離で。

「僕は姉さんに誰よりも幸せになってほしい。……あんなふうに、蔑《ないがし》ろにされる姉さんは見ていられない」

「蔑《ないがし》ろになんて、されていないわ」

「嘘ばっかり」

冷たく笑った弟の声がまるで別人のものに聞こえ、シンシアは一瞬固まってしまう。離れようとしてもエリアスの力は強かった。

「傷つける人からは、逃げればいい。過去に過《あやま》ちを犯した人間は、もう一度同じことを繰り返す。信用してはだめですよ」

「それは、わたしがだめな子だったから……」

「僕はそう思わない」

「エリアス。わたしは」

「――何をしている」

シンシアは弾かれたように振り返った。そこにはこちらを鋭い眼差しで見るロバートがいた。今の自分たちの姿を見られたことに、シンシアは焦りを覚えた。

「ロバート様。わたし……」

母親が違っても半分は血の繋《つな》がった弟なのだから動揺する必要はない。だがロバートの目には姉弟であっても抱擁など許さないという強い非難の色があった。そして彼の知らないところで今まで楽しんでいたことに、シンシアは罪悪感を覚えたのだ。

「ロバート様。どうしたんですか。乗馬を楽しんでいらしたのでは？」

姉弟で抱き合っていたことなど何でもないことだというように、エリアスはさりげなくシンシアを解放して、ロバートに尋ねた。

「……早く終わったから、きみを探していた」

乗馬服のまま着替えることもせず、ロバートはシンシアを探していた。それがどんな意味を持つのかシンシアが深く考える暇もなく、エリアスが「そうだったんですか」と答えた。

「僕たちは舟遊びをしていたんです。先ほどボートから降りた時、気温が高いからですかね、虫が飛んで来て姉さんの背中に止まったので、追い払ってあげていたんです。ね、姉さん」

「本当なのか、シンシア」

「……はい、本当です」

ロバートの問いかけに、シンシアはどう答えればいいかわからず、結局流されるように肯定してしまった。

「そうか」

夫の射貫くような眼差しに、シンシアは一言も発することができない。そのくせ、何か言わなくては、という気持ちに駆られる。

「ああ、僕はボートを片付けてきますので、姉さんはロバート様と先に戻っていてください」

「……わたしも、手伝うわ」

ロバートと二人きりになるのが怖くて、シンシアはそう言う。

「でもそれだとロバート様が……」

「俺のことは構わなくていい。服も着替えなくてはいけないし、先に戻るので後で合流しよう」

そう言うなり、ロバートは背を向けて去っていく。シンシアは今すぐ追いかけたい気持ちになったが、足が地面に縫い付けられたように重く、その場を一歩も動けなかった。


その後、シンシアはエリアスと帰り、ゴードンたちと共に食堂で夕食をとった。

「もう！　ロバートったら途中で帰るなんて、みんな怒ってたわよ！」

葡萄酒を呷《あお》っていたロバートはすまなかったとおざなりに謝り、そんな彼の態度にますますキャロラインは腹を立てる。

「何よ、そのいい加減な謝罪は！　本当に悪いと思っているわけ⁉」

「まぁまぁ、キャロライン。ロバートくんも本当は気が乗らなかったんだから、仕方がないだろう」

「だからって……」

怒りの収まらない妻に、ゴードンは話を変えるようにそうだ、と口にした。

「この後、大広間で演奏が行われるそうだよ。有名歌手もお呼びしてのコンサート。ダンスも踊ることができる」

「へぇ。それはいいですね」

エリアスが話に乗じると、ゴードンも、だろう？　と笑みを深めた。

「キャロライン。ぜひ私と一曲踊ろうじゃないか」

「嫌よ。あなたのダンス、下手だもの」

すげなく断られ、ゴードンは肩を竦《すく》める。

「それじゃあ僕はどうですか」

エリアスが候補に名乗り出れば、キャロラインの表情はさらに不快さを極めた。

「偏見で申し訳ないのだけれど、あなたって踊れるのかしら？」

「あはは。酷いなぁ。こう見えても、父に厳しく躾《しつ》けられましたから。きちんとお相手することができると思いますよ」

「あら、そう。でもだからといって、あなたと踊る理由にはならないけれど」

きつい物言いにも、エリアスは全く怯《ひる》まない。彼はどんな相手に対しても、いつもにこにこと笑っている。

「あなたのような美しい女性と一曲だけでも踊ることができたら、僕にとって一生の名誉になりますから。そのために、どうか一度だけ慈悲をかけてくだされぱいいなと思っているんです」

「よく喋《しゃべ》る口だこと」

しかしここまで言われるとさすがに悪い気はしないのか——それとも、マーシア夫人のように怒りを通り越して呆れが勝ったのか、キャロラインの機嫌が幾分和《いくぶんやわ》らいだ。

「そうね。せっかく一緒に来たんですものね。一曲くらい、踊ってあげないこともないわ」

「本当ですか？　ありがとうございます！」

もう一生分の運を使い果たしたかもしれません、と大げさなほどエリアスは喜んだ。

（エリアスったら……）

「きみの弟さん。すごい人だねぇ」

右隣にいたゴードンがこっそりと、感心したように呟《つぶや》いた。彼女は困った顔をしながら、同じくこっそりと言葉を返す。

「あの子、ああいうところがあるんです」

「へぇ。それは素晴らしい。私もぜひとも見習わなければな」

「ゴードン様は今のままでも、十分素敵ですわ」

「それは嬉しい。でもそう言われると、もっと上を目指したくなる」

ゴードンはそう言うと、ちらちらとこちらを見ていた妻に向かって微笑んでみせた。彼女が慌てて目を逸らした後、エリアスが名案を思いついたように言う。

「じゃあキャロライン様は僕と踊ることにして、姉さんはゴードン様と踊ったらどう？」

「ええ？」

突然何を言い出すのだとシンシアは目を丸くする。キャロラインは一瞬ムッとしたものの、すぐにいい考えねと笑みを作って賛同した。

「パートナー以外と踊るっていうのも、たまにはいいんじゃないかしら」

「そうだなぁ。シンシアさん。私と踊ってくれるかい？」

ゴードンも妻の提案に乗り気なようで、シンシアは驚いてしまう。

「でも、わたし——」

「それはだめだ」

それまで会話に入ってこなかったロバートが、突然言い放った。

「どうしてよ」

「彼女は私と部屋へ戻るからだ」

「そんな。せっかくの宴《うたげ》ですよ。楽しまないと、もったいないですよ」

エリアスの呼び止める声に、キャロラインもすかさずそうよと口を添えたが、ロバートはエリアスだけをちらりと見て、視線を逸らした。

「悪いが、疲れてしまってね。早く休みたいんだ」

「そういうことなら、仕方がないが……」

ゴードンが気遣わしげにシンシアを見やる。彼はシンシアまで連れて行かなくてもいいのではないか、と言いたいのだろう。

「せっかくですから、姉さんは残って踊っていきましょうよ」

「いや。妻も連れて行く」

ロバートはそう言うと、シンシアの左手を掴《つか》んで、強引に席を立たせた。あっけに取られる子爵夫妻に、じっと視線を向けるエリアスを無視して、ロバートは失礼するとその場を後にした。

「ロバート様。待って……！」

今までずっとシンシアをエスコートするように歩いていた彼が、今は逃げるのを許さないというように手を固く握りしめ、一人先を歩いていく。すれ違う人々がどうしたのかと驚いた顔をするけれど、それも一切気にしない。

まるで連行されているみたいで、シンシアはどうしようもなく不安になり怖くなった。

一言も話さず部屋へ入ると、彼は内側から鍵を締めた。

「ロバート様、あんな別れ方ではゴードン様も、きゃっ」

シンシアが控えめながら注意しようとした途端、ロバートはいきなり彼女の膝の裏に手を入れ、勢いよく抱き上げた。そうしてそのまま大きな寝台の上へ寝かされたかと思えば、ぎしりと軋《きし》んだ音を立てて、シンシアへと覆い被さってくる。

「ロバート様、まって、んぅっ」

唇が触れたかと思えば、強引に舌が捻《ね》じ込まれてくる。貪《むさぼ》られるように、咥内を舌が這い回る。

先ほどの食事で飲んでいた葡萄酒の味を、唾液と共に呑み込まされる。

頬に添えられる掌《てのひら》が熱い。柔らかな寝台の上に二人分の身体が沈み込み、ロバートの身体がシンシアの胸や太股を押しつぶそうとする。

「はぁ、ロバート様、こんな、んっ」

シンシアの言葉をロバートは聞いてくれなかった。抗議しようとする唇を自分の口で強引に塞《ふさ》ぎ、必死に押しのけようと抵抗する身体を激しい愛撫で宥《なだ》め、代わりに欲望を引きずり出そうとする。

（どうして、こんな急に……）

足がばたついて、ヒールのある靴が床へ投げ落とされる。真っ白なシーツにシンシアの手首を縫い付けたまま、ロバートは彼女の身体を覆っていた布から肌を露《あら》わにし、夢中で吸いついてきた。

「ふっ、まって……はぁ、んっ、ぁっ……」

シンシアが身体をずらせばシーツも乱れ、息が上がる。今日着ているドレスは胸元が大きく開いていた。容易に零《こぼ》れた乳房は揉みしだかれ、先端はすでに硬く尖っていた。

ロバートがさらに苛《いじ》め抜くように舌先で弄《いじ》り、軽く歯を立てれば、今まで従順に馴らされてきた身体はあっという間に快楽へと引きずり込まれる。

猫のようなか細い声を上げて悶《もだ》えるシンシアに、ロバートは荒い息を上げながらも無言で彼女の肌を撫で回し、ねっとりと舌を這わせていく。はだけた胸元は赤い吸い痕が花びらのように散っていて、大きくなった蕾《つぼみ》は唾液でいやらしく濡れている。

「はぁ、いや……んぅっ、ぁ、ん……」

白い頬を赤く染め、とろんとした目で浅い息を何度も零《こぼ》すシンシア。

そんな妻の痴態をいつの間にか起き上がってじっと眺めていたロバートは、ドレスの裾を捲《めく》り上げ、荒々しい手つきで下着を脚から抜き取った。そうして見つめる視線の先に、顔が近づいて息が吹きかけられた瞬間、シンシアははっとする。

「だめ、ロバート様、そこは、ああっ……！」

シンシアのそこは、もう十分に濡れていた。だから蜜を掻き出すか、溢《あふ》れないよう栓の代わりを突き入れる、あるいは花芽に分け与えてやればよかった。いずれにせよ、シンシアはさらに切ない声を上げ、甘い責め苦にもだえることになるのだから。

「だめっ、あっ、んぅっ……、ロバート様っ、これ、やだっ、やめてっ！」

まだ湯浴みもしていない——していても、いつもこれだけは抵抗があって嫌がるシンシアに、ロバートが無理矢理してくることは、いつの間にかなくなっていた。

なのに今は逃げようとしても、ロバートの髪を引っ張ってやめさせようとしても、彼はがっしりとシンシアの太股を掴《つか》み、じゅるじゅると卑猥《ひわい》な音を立てて、夢中で蜜を啜《すす》ってくる。彼の髪の毛が淫芽をくすぐるように刺激して、シンシアはもどかしくてすすり泣いた。

やめてほしいという理性は少しずつ崩れていき、ずっと彼に与えられてきた欲望が身も心も支配しようとしてくる。

「あっ、うぅん……はぁ、ぁ、ぅんっ、……だめ、ぁんっ」

花びらを優しく舐めたかと思えば、音を立てて内股の白い肌に印を残していく。指の腹で蜜口を擦《こす》られ、蕾《つぼみ》を歯で優しく噛まれると、怖いのに快感を覚えて膝が揺れてしまう。

（もう、もう……）

いってしまう、とシンシアが思った時、突然ロバートが蜜壺から舌を引き抜き、弄《もてあそ》んでいた指の動きを止めてしまった。あと少しで高みに昇ることができたシンシアは、どうしてというように顔を上げたロバートを見つめた。

「ロバート様……」

口元を拭《ぬぐ》いながらシンシアを見下ろす彼の瞳は、いつものような意地悪さも揶揄《やゆ》する色もなかった。

ただすべてを喰らい尽くしたいと望む獰猛《どうもう》な目で、真っ直ぐにシンシアを見下ろしていた。

◇

父が亡くなった時、ロバートは十五歳だった。

王都の学園に入学して、これから自分の才能は開花していく──そんな夢と希望に溢《あふ》れた時期に、父は突然病《やまい》で倒れ、看病する暇もなくあっけなくあの世へ旅立ってしまった。父自身も、まさかこんなに早く自分に死が訪れるとは予想していなかったに違いない。

ショックは大きかった。いつもは冷静な母も、その時は周囲の目も憚《はばか》らず、冷たくなった死体に縋《すが》りついて泣いていた。

（これからどうすれば……）

父が亡くなったのならば、次の当主は自分である。

しかしロバートはまだ若く、後を任せるには何かと頼りない。だから叔父が肩代わりするべきじゃないか、ということを彼の妻や親類から言われた。ついでに家督も譲ってはどうかとまで提案された時、悲嘆に暮れていた母は猛烈に彼らに反抗した。

むろんロバートも反論したが、どこか見下したような物言いであしらわれてしまう。しょせんおまえはまだ子どもだと告げられているようで、ロバートの自尊心を大いに傷つけた。

さらに侯爵家の莫大《ばくだい》な遺産を山分けしてほしいと、それまで一度も会ったこともないような人間――父の庶子だと名乗る男性まで現れて、大変な騒ぎになった。

幸いにもその男性にはきちんと血の繋《つな》がった両親がおり、風貌も性格も何も似ていない、まったくの赤の他人であることが証明できた。だが、夫に先立たれたばかりの母の神経を擦《す》り減らすには十分な打撃があり、ヒステリックに周りに当たり散らすこととなった。

それはもちろん息子のロバートも例外ではなかった。いや、むしろ自分が一番の矛先《ほこさき》となったかもしれない。

「母さん。少し落ち着いてください」

「これが落ち着いていられますか！　あの人の死を利用するなんて、許せないわ！」

「それは俺も同じ気持ちです。でも、何の関係もなかったのだから、もういいじゃありませんか」

「良くないわ！　ロバート、おまえはそれでもあの人の息子なの!?　自分の父親を汚されて、どうしてそんなに落ち着いていられるの!?」

別にロバートだって落ち着いているわけじゃない。人格者と言われた父の評判を貶《おとし》め、自分たち親子をこんな目に遭わせた相手に対して、腸《はらわた》が煮えくり返る思いだ。

(でも今は怒っている場合じゃないだろ)

二人一緒になって感情の赴《おもむ》くまま怒鳴り散らしていたら、父はきっと冷静になるよう諭《さと》すはずだ。それが貴族として、カーティス家の一員として相応《ふさわ》しい姿だと。

なんでそんなことを今まで誰よりも父のそばにいた母がわからないのだ。

最初は落ち着いて対応しようとしても、何回も同じことを毎日言われれば、ロバートも我慢できずに言い返してしまう。そんな自分に自己嫌悪が募《つの》り、つくづく嫌になった。

自分は侯爵家の跡継ぎだ。でもそれを全《まっと》うするにはまだ力不足で、周囲からすれば子どもと見なされるのが現実だ。弱い部分を大人たちは容赦なく責め立て、今まで善良だと思っていた仮面を脱ぎ捨て醜悪な部分を露《あら》わにする。

(早く大人になりたい……)

そうしなければ、あっという間に食われてしまう。

「――きみの力になろう」

焦燥《しょうそう》に駆られるロバートを助けたのが、メイソン伯爵だった。

彼は大黒柱を失ったカーティス家を支えるため、腕のいい弁護士を紹介し、父から教わるはずのことを代わりにロバートに教えてくれるようになった。ロバートのことも、子どもではなく対等な大人として、侯爵家の当主として接してくれた。

おかげでそれまで何かと反論していた周囲も口を閉ざし、渋々ではあるがロバートが家を継ぐことを認めるようになったのだ。

「これから先、貴族が土地を経営するのは難しくなる」

メイソン伯爵は先を見据えて、広大な土地にかかる税金や維持費のために地代以外で金を稼ぐ方法をロバートに説き、共同で進める事業も興《おこ》した。

伯爵はもともと次男坊で、長男の代わりとして教育されていたそうだ。しかし彼自身はその役目は回ってこないだろうと、あちこちの国を渡り歩き、やがて商売に興味を持つようになった。

貴族としてはあまり褒められたことではなかったが、彼が手にした財産は莫大《ばくだい》なもので、そのおかげで変わりゆく時代にも適応できているのだから、大いに役立ったと言えよう。

自分もまた、彼のおかげで今の立場がある。

「私の家ときみの家は、古くから繋《つな》がりがある。縁はできるだけ大切にした方がいい」

きみには期待している、と伯爵から言われた時、ロバートは純粋に嬉しかった。信頼されていると思っていた。けれど——

「きみには精進してもらって、いずれは私の娘と結婚してほしい」

そう言った伯爵の目は、冷めていた。自分が馬鹿だったら、今後助ける価値のない男だと判断したら、容赦なく切り捨てることを告げていた。

信頼されているようで、自由に振る舞えているようで、やはり自分はただ駒の一つだという事実はどこか虚《むな》しく、窮屈に感じた。


メイソン伯爵の今は亡き先妻のアーシャが産んだ一人娘、シンシアの容姿は醜くはなかった。よく見れば、可愛らしい顔立ちをしている。

けれどいつも俯《うつむ》いている茶色い瞳はロバートの姿をきちんと映すことなく、偶然目が合ってもさっと怯《おび》えを滲《にじ》ませて、こちらが何か悪いことをしたのかとでも言いたくなる気分にさせられた。

地味で、おどおどしている彼女が侯爵家の——自分の隣に立つことを、ロバートは心のどこかで認められずにいた。メイソン伯爵からの頼み、つまり命令のようなかたちで相手が決まったことも納得できていなかった。

伯爵には感謝している。従うのが正しい。そう自分に言い聞かせる一方で、本当はもっと相応《ふさわ》しい相手がいるはずだと思った。頭が良くて、自信に満ち溢《あふ》れた美しい女性が。そういった人間を、家のしがらみに縛られず、自分の意思で選びたい。

父を亡くし、己《おのれ》の未熟さを突きつけられ、誰かの力を借りねば自立できなかったロバートは、自分の運命から抗《あらが》いたかった。別にいつまでとは言わない。ほんの少しでいい。家のことも将来のことも、何もかも忘れたかった。

だから――

「結婚するまでは、好きにさせてほしい」

ロバートの言葉に、シンシアは目を丸くしたけれど、それだけだった。

諦めたような表情で、小さくわかりましたと頷く。

彼女がその時何を思ったのか、どんな状況に置かれていたのか、考えることすらしなかった。

ただこんな時でも何も言わないのだな、と呆れと苛立《いらだ》ちに似た感情を抱いたのは覚えている。

約束通り、シンシアがロバートに干渉してくることはなかった。

偶然すれ違っても、他人の振りをする。周りも自分たちが婚約者だとは気づいていなかった。たとえ知っても、まさかと思うはずだ。

「ね、ロバート」

キャロラインもその一人だ。彼女とは一年の頃から話すことが多かった。美しい顔立ちの美少女は学年を超えて噂になった。そんな彼女が自分に対して好意を抱いている。悪い気はしなかった。

彼女の隣を歩けば、多くの視線が注がれる。似合いの二人だと祝福されて、ロバートの自尊心を満たした。

だから何かをねだるような甘い声に、期待する表情に顔を寄せて――その向こうに見える人影にふと目をやって、キャロラインの頬にぎりぎり触れるかの口づけを落とした。

身体を離せば、それだけ？　と明らかに不満な顔をされる。

「きみを大切にしたいんだ」

心を込めてそう言えば、キャロラインもそれ以上は求められないようだ。

「そうね。これだけでも、とても幸せ」

未婚の貴族女性にとって、貞淑さは何よりの財産だった。彼女の実家であるスペンス家は昔はそれなりであったが、今はそうでもない。娘のキャロラインは、そうした現状を打破する頼みの綱なのだ。

だからいつも、本人に気づかれないかたちで、――あるいは気づいているのか、お目付け役の従者が自分たちに目を光らせていた。

「あなたが、私の婚約者だったらいいのに」

「キャロライン。そんなこと言うな」

「わかっているわ。でも……ね、今度……私の部屋に来ない？」

ロバートは笑みを作って、やんわりと断った。

きみを傷つけたくないんだと、もっともらしい嘘をついて。

彼女の処女を散らせば、当然責任を取らされる。メイソン伯爵からの支援は打ち切られ、信頼も失われるだろう。

ロバートはそんな馬鹿な真似をするつもりはなかった。友人の中には恋愛に溺れる者もいたが、心の中では嘲笑していた。

「たとえ将来一緒になれずとも、今この時間を俺は一生忘れない」

限られた時間で、ただ楽しく過ごせればいい。でも道を踏み外すことは決してしない。

「――わたしと、本当に結婚なさるつもりですか」

そうだ。愛していなくても、結婚する。

それが大人になることだと、ロバートは思っていた。


卒業してから一年後、シンシアと結婚した。

式の間、彼女はこちらを見ず、家族や知り合いに話しかけられた時以外はずっと俯《うつむ》いていた。誓いのキスをするためにベールを上げた時も、彼女の瞳は不安に揺れて、自分を見つめたかと思うと、またすぐに逸らされた。怯《おび》えて、ずっと自分を拒絶する態度。

だからその時、ロバートはシンシアを追いつめたいような衝動に駆られた。

――こちらを見ろ。自分を見ろと。

初夜。夫婦だけの寝室で、シンシアは心もとない様子で寝台に腰かけていた。頬へ手を伸ばし、無理矢理視線を合わせれば、途方に暮れて、でも覚悟を決めて諦めた顔をしていた。

ロバートが顔を寄せても、彼女は逃げなかった。逃げられなかった。

「そこも、触らないとだめなのですか」

彼女は何も知らなかった。快感を得た時もどこか戸惑った表情を浮かべていた。閨《ねや》のことはすべて夫に従う。そう教えられているのかもしれないが、彼女の性格から考えても積極的に知りたいとは思わなかったのだろう。

でも今、彼女はロバートから――苦手で、好きでもない相手から無理矢理教えられている。

「ロバート様……」

シンシアは縋《すが》るように自分を見つめていた。その時初めて、ロバートはシンシアの目に自分を映してもらえた気がした。

その瞬間、よくわからない感情が胸に湧いたが、彼は特に深く考えることはせず、目の前の行為に集中した。自分の欲望に必死に抗《あらが》いながら、なるべく傷つけないように、精を彼女の中へ吐き出した。


『あなたが好きなんです。どうして信じてくださらないのですか。どうして――』

巷《ちまた》で売れている舞台俳優が新人の女優に愛を叫んでいる。この劇で一番の見所だろう。周りの女性客がみなうっとりした様子で男の言葉に酔いしれていた。

一緒に王立歌劇場を訪れたシンシアも真剣な眼差しで観ていた。その横顔を、ロバートは彼女の小さな手を握りながらじっと見つめる。

学生時代も、複数の友人を伴って来たことがある。キャロラインも一緒だった。二階のボックス席ではなく一階の椅子席であったが、偶然を装《よそお》って隣に座るのはスリルがあった。

暗闇で時々視線を絡ませて、どちらともなく手を握って。世間一般の恋人たちがすることを実現できて胸が満たされていた。けれど今は――

『どうしたらあなたは私の愛を自分のものにしてくれますか。教えてください。そのためなら、この命すら、お譲りしましょう』

男の愛を、女は信じることができない。なぜなら男は女を裏切っているから。信じることなんて、できるはずがない。

ロバートが握った手をシンシアが振り解くことはなかった。けれど強く握り返すこともしない。

「わたしは大丈夫ですから、ロバート様が欲しいものを、選んでください」

彼女には欲がない。欲しいものがあるかと尋ねても、何もないと答えるだけ。

(もっと、我儘《わがまま》になればいい)

貴族の令嬢なんて、自分の欲しいものをねだって、やりたくないことはやらず、好きなことを楽しんでいる者が大半だった。もちろんその代わり、好きでもない相手に嫁がされて子どもを産む義務が求められたが、それは別に貴族だけに限らない。

それに、シンシアは今だって十分役目を果たしている。

義理の母の話に嫌がらず付き合って、友人の茶会に出席して、人付き合いを大切にして。まだ頼りないところはあるが、女主人として十分屋敷を切り盛りしていた。

(もっと自信を持てばいいのに)

不安そうに俯《うつむ》くな。きみはきちんとできているのだから、堂々と胸を張ればいい、と。

(あの時もそうすれば……)

そこまで考え、自嘲した。過去のことを考えても意味がない。

(なんで俺はこんなに彼女のことを考えているんだ……)

それは彼女の夫だからだ。同じことを考えては、自問自答する。でも、出した答えはあまりしっくりとこなかった。

(シンシア……)

気づけばシンシアのことばかり考えるようになっていた。こっそり彼女がクマのぬいぐるみを抱きしめている姿を見て、可愛いと思った。自分が贈ったものを大切にしている姿に、なぜか胸が甘く締め付けられた。名前を決めてやって、素敵だと微笑む姿を見て馬鹿みたいに嬉しかった。

もっと彼女に笑ってほしい。もっと彼女のことが知りたい。もっと彼女に自分を見てほしい。

(俺はシンシアが――)

肉欲に溺れているだけだと思っていた。でもいつの間にか――

「ロバート様は今、こうしてわたしの夫として隣にいてくださるんですから、わたしはそれで十分です」

ようやく出した答えはシンシア本人に伝えるより早く、彼女自身によって拒絶された。

◇

「……はぁっ、んっ……はぁ……」

シンシアはうつ伏せにさせられ、ロバートの剛直を蜜壺へ挿入されていた。

尻を高く持ち上げられ、頭は枕へと押しつけているという獣《けもの》の格好で、尻肉をぎゅっと大きな掌《てのひら》で鷲掴《わしづか》みにされて、時折優しい手つきで撫で回される。その度に彼女は中のものをきゅっと締め付けてしまい、甘い声を枕に漏らした。

（いや……これ、くるしい……）

ぱちゅん、ぱちゅんと淫猥《いんわい》な音を立てながら肉棒が蜜襞を掻き分け、奥へと行き、またゆっくりと戻る。その度に尻をいやらしく振ってしまうが、ロバートの指が勝手なことをするなというように力を込めるだけでも刺激となり、もどかしい熱を否応なくお腹の奥へと溜めていく。

「ふぅ……くっ、んぅ……、ぁっ、ん……」

ロバートがどんな顔をしているか、シンシアにはわからなかった。いつもは彼女の淫乱さを意地悪く指摘するのに、今日は荒い息しか発していない。そして何より――

「ぁ、ぁ、もぅっ、いっちゃっ、あっ……」

あと少しで快感を得られる。そう思ったのに、ロバートは突然腰を動かすことをやめてしまった。

シンシアの中を蹂躙《じゅうりん》していた陰茎も柔肉に包まれるだけで、激しく突いてはくれない。

「ロバートさま、どうして……」

いつもはシンシアの身体が素直に欲しがれば、ロバートは望むまま応《こた》えてくれる。蜜口を優しく擦《こす》り、奥へたどり着くために激しく腰を動かして、たくさん蜜を溢《あふ》れさせてくれる。

それなのに今日は、シンシアが達しそうになると、その直前で動きを止めてしまう。これでもう何回目だろう。

「おねがい、ロバートさま、うごいて……あついの、くるしいの……んっ」

お願いすれば、動いてはくれる。でも、絶頂へは導《みちび》いてくれない。耐え切れず中が収縮しても中途半端な熱を残すだけで、よけいに身体は疼《うず》き、シンシアを悶《もだ》えさせた。

（うん、はぁ……あと、少しなの……ほしいの、ロバートさまの、ぁっ……）

シンシアはとうとう自分で腰を動かして、彼のものを行き来させようとする。

「んっ、んんっ……、ふぅっ、はぁっ、……ぁんっ……」

それでもやっぱり、シンシアにはできなかった。尻を振って、まるで雌犬のように飼い主に強請《ねだ》ることしかできない。

「ロバートさまっ、ロバートさまっ、あっ……！」

彼の名前を何度も呼んでいると、突然身体をひっくり返された。はぁはぁと息を乱し、汗ばんだ肌を晒《さら》しながら、二人は互いを見つめ合う。

（ああ、やっと……）

彼の顔を見ることができた。そう思うと、シンシアの目からぽろぽろと涙が零《こぼ》れる。

「ロバートさま、わたし、何か悪いこと、しましたか……」

紫色の瞳が大きく見開かれる。

「……なんで、そう思うんだ」

「だって、なにも言ってくれない……ずっと、黙って……目すら、合わせてくれない……」

彼を怒らせた。シンシアが彼を不快な気持ちにさせたのだ。

「ごめんなさい……悪いところ、なおしますから……だから、わたしをみて……きらいにならないで……」

キャロラインのように美しくもない。頭も良くない。いつも要領良くできない。

でも、頑張るから。努力するから。だから幻滅しないで。嫌わないで。

「おいていかないで……」

涙ながらに訴えるシンシアを、ロバートは言葉を失ったように見つめていたが、やがてゆっくりと顔を近づけて、ごめんというようにそっと触れるだけの口づけを落とした。

シンシアが目を潤《うる》ませて見つめれば、もう一度、先ほどよりも長いキスをくれる。口を薄く開くと舌が恐る恐る入ってきて、彼女は泣きながらも自分の舌を絡ませて、必死で応《こた》えた。子どもが大人に甘えるように首に手を回し、脚も絡ませて彼にしがみつく。

「シンシア……」

一度抜かれた剛直が、もう一度入ってくる。今度は切羽《せっぱ》詰まったように奥へ突き進み、荒々しく引き戻される。ロバートは全身の力を使ってシンシアを揺さぶり、今まで溜めていた熱をぶつけてきた。

「はぁっ、あ、あ、ロバートさまっ、ロバートさまっ、んんっ……」

「シンシア……好きだ、って言ってくれ……」

何度も彼の名前を呼んでいると、ロバートが耳元で囁《ささや》いた。熱に浮かされたシンシアは素直に言葉にする。

「はぁ、ロバートさまっ、すき、だいすきっ、あぁっ……」

ロバートが言葉を返して、激しく奥を突き立てた。散々燻《くす》ぶられていたシンシアの身体はそれだけで達してしまい、声もなく全身を震わせた。一人絶頂を迎えたシンシアに構わず、ロバートは容赦なく腰を振り、彼女をさらに追い立てる。

「あっ、はぁっ、だめっ、もう、いって、あっ、あぁっ――」

びくびくと痙攣《けいれん》するシンシアの身体を強い力で押さえつけ、ロバートは歯を食いしばり、ますます抽挿を速める。寝台をぎしぎしと揺らし、白濁を一番奥へと注ぎ込んだ。

(あ、ぁあ……ロバートさまのもの……あつい……)

咥《くわ》えた花びらは彼のものを離すまいとぎゅっと食いつき、蜜壺もまだ子種を吸い取ろうとひくひくと蠢《うごめ》いている。ロバートも自分が放ったものを一滴も溢さないようしっかりと塞《ふさ》ぎ続けている。

互いの乱れた呼吸がすぐ近くで聞こえた。心臓がとても速く動いている。シンシアの胸を押しつぶしているロバートの硬い胸板は汗ばんでいて、重い。

(ロバートさま……)

シンシアはぐったりと疲れ果て、意識を手放そうとする。

難しいことも、煩《わずら》わしいことも、もう考えたくなかった。ただロバートの存在を近くに感じていられればそれでいい。

「はぁ、はぁ、シンシア……」

けれど苦しそうに自分の名前を呼ぶ声が、シンシアを現実へと引き戻す。

顔を見つめて慰《なぐさ》めたいのに、ロバートは首筋に顔を埋《うず》め、こちらを見てくれない。

シンシアの名前を掠《かす》れた声で呼びながら、ゆっくりと動き、やがて何かをぶつけるように激しく抱くことを繰り返す。

「シンシア、シンシア……!」

彼に名前を呼ばれると、なぜか胸が苦しくなる。嬉しいのか、悲しいのか、わからなかった。

でも身体は熱くて、気持ち良くて、シンシアはロバートに翻弄《ほんろう》されるまま、自分のすべてを差し出した。何度もいかされて、もう声を上げることもできない。

『嘘つき』

ロバートに抱かれて気を失う途中、彼の声が頭の中でこだまする。

(嘘じゃない)

嘘をついているのは、ロバートの方だ。

自分に好きだと言わせて、泣きそうな顔をしたロバートの方だ。

◇

「あなたが男の子だったら、違ったのかしら」

いつもはぐったりと横になっている母が珍しく起き上がって、シンシアを寝室に招き入れた時のこと。母親に会えたことが嬉しくて、「お母様」と呼んで駆け寄ったシンシアの顔をじっと見つめ、ぽつりと呟《つぶや》かれた言葉を、なぜか今でも鮮明に覚えている。

責めるような響きはなかった。ただふと、思ったことを口にしただけ。

自分を傷つけるつもりは、母には微塵《みじん》もなかっただろう。もしシンシアが泣いて酷いと責めれば、ごめんねと謝って、あなたはあなたよと慰《なぐさ》めてくれたはずだ。

だから、恨んではいない。ただ母の期待に応《こた》えられず、悲しかっただけ。ただ、それだけ。

それにきっと、母はもう疲れていたのだ。

「お母様のお部屋、綺麗なお花がたくさんあるのね」

「そうね」

「宝石も、お洋服も、たくさん。早く元気になって、お母様が着ているところが見たいな」

「ええ」

少しでも母の関心を引きたくて、シンシアは思いついたことを次々と口にしたけれど、どれも一言二言で済まされるか、儚《はかな》げな微笑を返されるだけであった。そのうちナースメイドにもうそろそろ、と退出を促《うなが》される。我儘《わがまま》になるとわかっていても、シンシアは縋《すが》るように母を見つめた。

「お母様……」

もう少しだけ、母のそばにいたい。

「また、明日ね……」

けれど母はシンシアの頬を優しく撫で、触れるように抱きしめて、小さな声でそう告げる。そして眠るように、この世を去って行った。

それから一年後、父が綺麗な女性を屋敷へと連れて来た。今日からシンシアの新しい母親になる人だと言われた。

「エリアスだ。おまえの弟になる」

ふわふわとした金色の髪に、少し野暮ったく見える丸い眼鏡。灰色がかった青い瞳が、じっと自分を見つめていた。

シンシアはその時悟った。

ああ、母の言っていた男の子とは、この子のことだったのだと。

シンシアは最初、エリアスを避けるように行動していた。

いろんな感情が胸に渦巻いていて、どう接していいかわからなかったから。

亡くなった母の席に別の女性が座ることも、それを当たり前のように父が容認していることも、シンシアの心に言葉にできない不安や戸惑いを抱かせ、孤独に陥《おとしい》れた。

そう。自分は寂しかった。でも甘える人がいなくて、涙を流しても拭《ぬぐ》ってくれる人もいなかった。誰でもいい。誰でもいいから、そばにいてほしい。

寂しくて、でもどうすればいいのかわからなくて、彼女はよく庭で一人蹲《うずくま》って泣いていた。

「どうしたの？」

そんなシンシアを、エリアスは見つけてくれた。大丈夫？　と不器用で、けれど優しい声で涙を拭《ぬぐ》ってくれて、これからは姉さんと呼んでいいかと、少し震える声で尋ねてきた。

迷って、でもいいよと答えれば、彼は泣きそうな顔で、シンシアに笑いかけた。

その時初めて、シンシアは自分の姿を誰かに映してもらえた気がした。

それからシンシアは、エリアスと一緒にいるようになった。

こっそり泣いていれば彼は馬鹿な振る舞いを演じて、シンシアを笑わせた。彼が石に躓《つまず》いたらシンシアが傷の手当てをしてやり、水たまりで服を汚してしまった時は、一緒に洗濯メイドに叱られた。どんな時でも、いつも彼がそばにいた。

「エリアスは、お茶会行かないの？」

「うん。行かない。……姉さんは行くの？」

「ううん。わたしもあなたとお留守番する」

友達がいなくても、両親に相手にされなくても、エリアスがいるから寂しくなかった。

「シンシアは僕の姉さんでしょう？」

「ええ」

今はもう、彼に姉さんと呼ばれても、違和感はなかった。本当にずっと前から、エリアスが自分の弟だった気がしているくらい彼の存在を受け入れていたのだ。

「じゃあさ、僕のこと、見捨てたりしないでよ」

見捨てるという言葉に、シンシアは目を丸くする。

エリアスの瞳は、縋《すが》るような、仄暗《ほのぐら》い光を湛《たた》えていた。

「僕のこと、守って。他の誰かが嫌っても、姉さんだけは僕のこと嫌いにならないで」

守って、なんてシンシアは生まれて初めて言われた。嫌いにならないで、なんて言葉も。

そして自分が誰かを――エリアスを守る存在であってほしいと乞われたことにも、彼女は衝撃を受けた。

「でも、わたし……」

エリアスを守れる気がしなかった。だって自分は何もできなくて、弱かったから。

「シンシアと会えて、僕、幸せなんだ」

誰にも――実の母親ですら言ってくれなかった言葉を、エリアスは噛みしめるように言う。

「……本当？　本当に、そう思ってくれる？」

「うん。本当だよ。これ以上の幸せなんて、僕にはない。……だからこの先も、ずっと僕の隣にいて。僕が馬鹿なことしたら、だめだよって叱って。困っていたら、助けて。シンシアにしか、できないことなんだ」

「……うん。わかった」

シンシアが約束すれば、エリアスはとても嬉しそうな顔をした。その表情を見て、シンシアもまた、満たされた気持ちになる。

自分たちは似ている。親から距離を置かれていて、上手く生きるには不器用さが邪魔をしてしまう。自分一人だったら、きっと耐えられない。

(でも、エリアスがいてくれるなら、きっと大丈夫……)

そう思っていたのに——

「——どうして？」

もうすぐ春休みだねと話していた時に、不意に打ち明けられた内容は、シンシアの頭の中を真っ白にした。

「ごめん。僕も嫌だと言ったんだけれど、お父さんが広い世界を見てきなさいって言って、それで……」

エリアスがシンシアの通う学園に入学して、もうすぐ一年になろうとしていた頃。先に入学していたシンシアは、友人があまりできず寂しかった。だからエリアスが入学してきて、一緒に過ごす機会の増えた日々はとても穏やかで、孤独を感じずにすんだ。

あと一年で卒業だけど、それまではまだ彼がいてくれる。何とかやっていけると思っていたシンシアは、エリアスから隣国の学校に転入するという話を聞かされて混乱した。

彼は、彼だけは、自分のそばにいてくれると思っていた。

これまでのように、ずっと。それが当たり前だったから。

「ごめんね、シンシア」

呆然とする姉の姿に、エリアスは必死で謝る。

(あなたが謝ることじゃない……)

エリアスだって別に行きたくて行くわけではない。見知らぬ土地で、知り合いもろくにおらず、たった一人で……これからのことを思えば、彼の方がずっと大変だ。

大丈夫なの？　向こうでも頑張って、遠くからでも応援しているから。わたしはずっとエリアスの味方だから。そういった言葉を、姉としてかけてあげるべきだった。

「エリアス。わたし……」

でも、できなかった。

どうして、と逆に彼を責めてしまいそうな自分がいた。いきなり突き放された気持ちになって、わっと声を上げて泣きだしたい気持ちに駆られて……気づいてしまった。

エリアスは自分とは違う人間だった。父に選ばれた優秀な子どもだった。もしかすると、守らなければいけないと思う必要なんてなかったのではないか――

「姉さん。やっぱり僕、行くのやめようかな……」

露《あら》わになる残酷な事実を覆い隠すように、エリアスの声がシンシアの意識を呼び戻した。

不安を口にして、行きたくないと呟《つぶや》くエリアスに、シンシアは行かないでと泣き縋《すが》りたくなる。

ずっとそばにいて。そう約束させたのは、彼の方なのに。

――でも、だめだよと叱るのも、姉の役目だ。

「エリアス。辛いかもしれないけれど、頑張らないといけないわ」

「姉さん……」

「お父様は、あなたに広い世界を見るようおっしゃったのでしょう？　なら、隣国へ行くことは意味があることなのよ。だから……辛くても、一人で頑張らないといけないの」

声が震えてしまう。自分なんかがかけていい言葉ではなかった。

（でも、エリアスはわたしの大切な弟だから……）

辛くても頑張って、勇気を出してと、笑って見送ってあげたい。

「あなたが帰って来るのを、待っているわ」

「姉さん……」

呆然とこちらを見つめる弟の姿がぼやける。情けない。泣いてしまっては説得力なんてないのに。

それに自分は彼と別れることが辛いのではない。一人になるのが怖いのだ。これから歩む道を、たった一人で立ち向かわなければならないことが、とても怖いのだ。

（行かないで。置いていかないで、エリアス……）

だけどエリアスは旅立ってしまった。そうしてシンシアは、また一人ぼっちに戻った。

そばにあった温もりが、今までどれだけ自分を支えていたのか思い知る。

どんなに泣いても、寂しくても、隣で大丈夫だと微笑んでくれる人はもういない。

苦しい。みんなが敵に思えて、怖い。生きるのが辛くて、でもどうすればいいのかもわからなかった。

「シンシア。おまえもそろそろ、メイソン家の長女としての自覚を持ちなさい」

久しぶりに父から呼び出されたと思ったら、自分とは違う世界を生きてきた人間と引き合わされて、おまえの婚約者だと言われた。これはすでに決定事項で、自分にはどうすることもできなくて、それで――

「結婚するまでは、好きにさせてほしい」

自分を真っ直ぐ見つめる瞳に、何も間違ったことは言っていないという口調に、シンシアが返せるものは何もなかった。

きっとこの人も、いつかはシンシアを置いていってしまうのだから。

◇

目元を誰かに優しく撫でられている気がした。きっとシンシアが泣いているからだろう。零《こぼ》れた涙を拭《ぬぐ》ってくれたのだ。

誰だろう。亡くなった母だろうか。エリアスだろうか。それとも――

ゆっくりと瞼《まぶた》を持ち上げると、こちらへ手を伸ばしていたロバートと目が合って、シンシアは驚いた。彼は気まずそうな表情を浮かべたかと思うと、さっと目を逸らし、そのまま身体を起こして寝台から下りた。

（わたし……）

そうだ。昨日ロバートに抱かれている途中で、気を失うように眠ってしまったのだ。

「いま……」

声がひどく掠《かす》れていて、シンシアは小さく咳き込んだ。

「まだみんな寝ている時刻だろう」

ロバートはコップに水を注いでシンシアに手渡すと、背を向けるかたちで寝台の縁に腰かけた。

「すまなかった」

「え？」

「昨日は、無理をさせた」

「あ、いえ……」

気を失うほど激しく抱かれたことを思い出し、シンシアは俯《うつむ》いてしまう。ロバートはそんなシンシアをじっと見ていたが、また立ち上がって、どこかへ行こうとする。

「ロバート様」

思わず呼び止めたシンシアの方を振り返り、彼は少し待っていてくれと言うと、洗面所の方へ消えていった。しばらくして、濡らしたタオルを持って戻ってくる。

「あの？」

「身体、拭かせてくれないか」

そういえば、昨夜は湯浴みも済ませずに抱かれてしまった。しかも今は何も身につけていない裸のままである。急に恥ずかしくなってしまい、シンシアはシーツを自分の方へ引き寄せた。

「そんな、大丈夫です。わたし、自分でやりますから……」

今さらだと思われそうだが、身体を清めるために拭かれるのは、また別の羞恥心《しゅうちしん》に襲われる。

「しかし……」

「わたし、バスルームで洗ってきますから、ロバート様はここにいらし、っ」

反論される前に浴室へ逃げ込んでしまおうと起き上がったシンシアは、身体に力が入らずよろけてしまう。転ぶ、と目を瞑《つぶ》ったが、その前に素早くロバートが受け止めてくれた。

「ほら、大丈夫じゃない」

「うっ、でも」

「安心してくれ。もう、何もしないから」

「そういうことではなくて……」

どうにか諦めさせようとするシンシアに焦《じ》れて、ロバートは彼女を抱き上げると、さっさと浴室へ向かった。そうして蛇口の栓をひねり、お湯を浴槽に溜め始める。

「俺も一緒に入るから」

それならいいだろう、という口調であったが、何がいいのか、シンシアにはまったくわからない。でも、なぜか断ることもできなかった。

昨夜散々抱かれたというのに妙に恥ずかしく、胸を手で隠していると、座ってと促《うなが》される。

ぴちゃん、と水の跳ねる音がやけに耳に響いて、椅子に腰かけたシンシアは身を縮こまらせた。

彼は本当に、メイドがするようにシンシアの髪を洗った。慣れていない様子であったが、丁寧な手つきだ。

「次は身体を洗うぞ」

「……はい、お願いします」

ネットで石鹸《せっけん》を泡立てて、ロバートがシンシアの背中につけていく。大きな掌《てのひら》で背中を撫でられるのはくすぐったく、妙な気持ちになるが、彼は純粋にシンシアの身体を綺麗にしようとしているだけだ。

「こっちを向いて」

座る向きを変えて、ロバートと向き合う。彼もまた腰にタオルをつけているだけで、あとは裸だ。水に濡れた、鍛えられた上半身が目に入り、シンシアは視線をどこへ向ければいいかわからなくなる。

「シンシア。顔を上げて……」

掌《てのひら》が首筋に当てられ、肩から腕へと曲線を描くようになぞられる。

泡は乳房を滑り、臍《へそ》の方へと落ちていく。

「ん……」

声を上げないよう、彼女は唇を噛んで俯《うつむ》いた。けれど昨夜ロバートにつけられた吸い痕が花のようにあちこち咲いていて、彼のものをたくさん注がれた秘所へ白い泡が流れ落ちていくのを見ると、頬がカッと熱くなってしまう。

閉じた太股を大きく開いた掌《てのひら》で撫でられ、脚を開くように奥へと伸ばされると、シンシアは思わず両脚でそれを挟んでしまう。

「シンシア……」

彼の手の感触を肌で感じつつ、シンシアは慌てて自身の手を添えた。

「そこは、自分でやりますから」

「……わかった」

脚を開いて優しく股を撫でる様《さま》を、ロバートは目を逸らさず、じっと見てくる。

(なんで、こんなことしているんだろう……)

恥ずかしい。見ないで。でも、と思いながら彼女は洗い終わったことをロバートへ告げる。

そうすると彼はまた、シンシアの肌へ手を伸ばす。膝の裏、足の爪先《つまさき》まで丁寧に泡をつけ終わると、お湯で洗い流していく。そうしてシンシアと共に、溜めてあった浴槽に浸《つ》かった。

「熱くないか？」

「はい……」

シンシアは後ろから抱きしめられて、非常に落ち着かなかった。

「のぼせたか？」

「あ、大丈夫です」

「そうか」

だが心配になったのだろう。ロバートはすぐに浴槽から上がると、バスタオルでシンシアの身体を包み、寝台の上へと連れて行った。髪の毛も丁寧にタオルで水分を拭き取り、乾かしてくれる。

こんなことを夫にさせるべきじゃない。そう思いつつ、湯に浸《つ》かった心地よい疲労感から、シンシアはされるがままに身を預けていた。夜着に着替えさせられると、彼は髪を撫でながらそっと囁《ささや》く。

「まだ早いから、休んでいるといい」

「ロバート様は、どちらに？」

一人服装を整えて部屋を出て行こうとする彼に、シンシアはつい尋ねる。

「少し、外を歩いてくる」

「……わたしも、行きます」

意外だったのか、ロバートは目を丸くした。

「だが、疲れているだろう？」

「でも……行きたいんです」

シンシアがそんなことを言うとは思わなかったのだろう。彼はしばし、言葉を失っていた。

そしてシンシアもまた、自分の申し出に心の中で驚いていた。

「……わかった。だがその前に、着替えよう」

ぎしりと音を立てて寝台に乗ると、彼は着せたシンシアの夜着をもう一度脱がし始めた。

夜遅くまでパーティーが開かれていたせいか、屋敷の中はシンと静まり返っており、すれ違うのは昨夜の後片付けをする使用人ばかりであった。

シンシアはロバートの腕に手を添えて、庭へ出た。敷地の外へ出て、エリアスと歩いた遊歩道に向かってロバートと寄り添って歩く。

二人は何も話さなかった。でも、何か話さないといけないという焦りはなく、沈黙も辛くはない。ただ清澄な朝の空気に触れ、お互いの存在をすぐそばに感じるだけで、ひどく満ち足りた心地がした。

「昨日……」

ロバートが前を見ながらも、少し視線を落として話す。

「馬に乗っている時、きみのことを考えていた」

シンシアが立ち止まると、彼もまた歩を止める。

「どこにいるだろう、今、何しているんだろうって……乗馬は好きだが、全く楽しくなくて、きみのもとへ行かなきゃと思って抜け出してきたんだ……」

どうして彼がその時のことを話そうとしているのか、何を伝えようとしているのか、シンシアにはわからない。

もしかすると、彼自身もわかっておらず、それでも何かを伝えなければという気持ちで話しているだけかもしれない。

「わたしも……」

シンシアも同じだった。彼に何かを伝えたかった。

「エリアスとボートに乗って、水面を見ていた時、綺麗で……それで何だかロバート様のことを考えてしまって……以前何が好きかと尋ねてくださった時のことを思い出して……もし、あなたが乗馬に誘われなかったら、わたしを連れてきてくれたのか。そう、思ったんです……」

左腕に回したシンシアの手に、ロバートが掌《てのひら》を重ねた。

視線を上げれば、紫色の瞳がじっと自分を――シンシアだけを見つめていた。

「本当？」

「はい」

嘘じゃない。

二人は見つめ合って、どちらともなく顔を近づけ、口づけをした。

「シンシア……」

ロバートがシンシアを引き寄せ、腕の中に閉じ込めた。シンシアも恐る恐る、彼の背中へ手を回す。彼の温もりで胸がいっぱいになる。

ずっとこの時が続けばいいのに。そうすれば――

「シンシア。俺は、きみのことが……」

ロバートがそう口を開いた時、シンシアは顔を上げた。苦しそうな、切なげな眼差しで自分を見つめるロバートの表情に、シンシアは悟った。

ロバートは自分のことが好きだ。

直感とも言える答えだったが、間違っていない自信があった。彼の浮かべている表情が、まるで自分のそれと同じように思えたから。

今この時、彼と気持ちが重なった気がした。

「わたしも」

だから気づけばそう口にしていた。

彼が自分を好きだと知って、胸の奥が熱い。すごく、嬉しい。彼にもこの気持ちを伝えたい。

「わたしも、ロバート様と同じ気持ちです」

シンシアの告白を――けれどロバートは、なぜか悲しげな笑みで受け止めた。

「ロバート様？」

どうしてそんな顔をするのだろう。同じ気持ちではなかったのか。

彼は抱擁を解き、ありがとうと答えた。

（どうしてお礼なんか……）

「きみは、俺にはもったいないくらいの女性だ」

何かがおかしい。何かが噛み合っていない。

シンシアはもどかしくて、彼の胸に手を伸ばし、下がる視線に無理矢理自分の姿を映そうとした。

けれど彼はシンシアの目を見てくれない。やんわりと、けれど確かに自分を突き放した。

「ロバート様。わたし、本当なんです」

「ああ、わかっている」

（ならどうして……）

彼の顔はちっとも嬉しそうではなかった。同じ想いでいるなら、喜ぶのが普通ではないのか。

「昨日のこと、怒っていらっしゃるんですか？　あなたを放って、エリアスと出かけてしまったから、だから――」

「シンシア。落ち着いて」

ロバートに静かに制され、彼女ははっと我に返る。

「ごめんなさい。取り乱してしまって……」

「いいんだ。俺は……きみが誰と仲良くしようが、責めるつもりはない」

どういう意味だと戸惑うシンシアに、彼はポケットからあるものを取り出した。

「それ、は」

「きみの弟から、渡すよう頼まれた」

エリアスが暮らす部屋の鍵。

シンシアは結局、受け取った鍵をエリアスに返していた。ロバートを誤解させるような真似はしたくないと思って。それなのに――

「どうしてロバート様が……」

「きみにとって、エリアスは大切な人間なんだろう？　俺が寄り添えなかった……寄り添おうとしなかった時間を、きみの孤独を埋めてくれた、ただ一人の人だ」

だから何だと言うのだろう。ロバートは何を伝えようとしているのだろう。

「子どもを産むまでは、と言った。役目を果たしたら好きにしてもいいと……俺がきみに言ったことだ」

　だから、と先を続けるロバートの口調は重く、鉛を呑み込んだような苦しい顔をしていた。

「きみがいつか俺のそばを離れても、俺以外の男を好きになっても……俺は止めない。そんな権利、俺にはない」

（どうしてそんなこと、言うの？）

　まだずっと先のことなのに。それに――

「わたしは、ロバート様以外の人を、好きになったりしません」

「未来は、どうなるかわからない」

「そんなの――」

「きみは優しいから、過去に俺があんなことをしても、気にせず接してくれた。そして、同じ気持ちだと……だから、それで十分だ」

　ロバートの言葉はシンシアを受け入れているようで、拒んでいる。

「わたしは役目を果たしたら、あなた以外の人を愛さないといけないんですか」

　震える声で尋ねるシンシアに、ロバートは首をゆっくりと横に振った。

「いや、そうじゃない。ただ……そうなっても、俺はきみを責めるつもりはないことを伝えたかったんだ」

　わからなかった。それはつまり、自分を信用していないということではないのか。

「シンシア……」

涙を流すシンシアに、ロバートは手を伸ばしてその涙を拭《ぬぐ》う。泣かせているのはロバートなのに、彼は自分の言葉を撤回することはなかった。

そしてシンシアも、ロバートに何を望めばいいかわからなくなってしまった。

第三章　伝えたい想い

結局、鍵は受け取ったまま自室にある机の引き出しに仕舞ってある。返すことも考えたが、またエリアスがロバートに渡して同じやり取りを繰り返しそうで、やめた。

「姉さんが遠慮しているようだったから。気軽に遊びに来てくれるように、って。ロバート様に許可を取って渡してもらった方が、姉さんも安心するでしょう」

エリアスに悪気はない。彼はシンシアのことを気遣って、言いにくいことをロバートに申し出てくれただけだ。

(結局、ロバート様は許してくれたんですもの……)

もしかすると、シンシアが余所《よそ》で楽しんでくれた方が、彼も罪悪感を抱かずに済むのかもしれない。シンシア以外の女性を愛するのに。

「あなたたち、喧嘩《けんか》でもしたの？」

胸の痛みを覚えるシンシアに、マーシア夫人がふと思い出したような口調で尋ねてきた。けれど顔を見れば、探るような緊張した表情にも見える。今日夫人の部屋に呼ばれてお茶に誘われたのも、近頃の自分たちの様子に思うところがあったからだろう。

「いいえ。そんなこと、ありませんわ」

「そう？」

「はい」

実際、ロバートとは変わらず接している。

でも夫人は訝《いぶか》しむような目つきで、カップを手に取った。

「あなたはお人好しだし、ロバートは融通《ゆうずう》が利かないところがあるから、何かあっても我慢しているんじゃないかと思ったのだけれど……でも、夫婦の問題だから、あなたが大丈夫と言うなら、そっとしておきましょう」

そう言いつつ、夫人はこの話題に触れたくてたまらない様子であった。

「いい、シンシアさん。夫婦は妻が主導権を握っていた方が上手くいくものです。ロバートが気に入らないなら、あなた好みに教育し直さないと、手遅れになってしまうわ」

とても実の息子に向けてとは思えない過激な発言に、シンシアはひたすら驚くが、これが夫人なりの励ましだということを、一緒に暮らし始めて何となく感じるようになった。

「はい。ありがとうございます、お義母様《かあさま》。……心配させて、ごめんなさい」

「またあなたはそんなすぐに謝って……本当に、アーシャにそっくり」

その名前にシンシアは小さく息を呑んだ。アーシャというのは、自分の母親の名前だ。親しい人間に対して言うような気安さが込められていて、二人は仲が良かったのだろうかと興味が湧いた。

シンシアのそういった眼差しに気づいたのか、夫人は先回りして教えてくれた。

「私とアーシャは、こう見えて結婚する前からお友達だったのよ」

夫人の告白にまたもやシンシアは目を丸くした。全く知らなかった。

「あの、母はどういう人でしたか？」

シンシアの記憶にある母は、いつも疲れた顔をして床に臥しているか、ぼんやりとした表情で窓の外を眺めているばかりかであった。

「そうね……大人しい子だったわ。見かける度に本を読んでいるか、編み物をしていて……でも話すと意外と面白いことを言ってくれて、私は嫌いではなかったわ」

（わたしと似ていたのかしら……）

「でも時々思い切りがよかったというか、一度決めたらこれ、という一面があったかしら」

「思い切りがいい……」

「そう。婚約者だった幼馴染《おさななじみ》が流行《はや》り病《やまい》に罹《かか》って亡くなった時も、もう一生誰とも結婚しないって言って、修道院に入ろうとしたの」

「え」

修道院に入ることもだが、母に父とは別の婚約者がいたことに、シンシアはとても驚いてしまった。

「メイソン伯爵に結婚を申し込まれて、結局そうはならなかったのだけれど……何も相談せず、いきなり言うからいつもびっくりしてしまうのよね」

「あの、父と母は……仲が良かったんでしょうか」

夫人は目を瞬《またた》くと、カップの中身を一口飲んで、ソーサーに戻した。

「メイソン伯爵は、自分の地位を向上させることにとても熱心な方だったわ。アーシャに結婚を申し込んだのも、そうした目的が含まれていたことは確かでしょう。でも……それでも、私の目にはお互い思いやっているように見えたわ」

「愛し合っていた、ということでしょうか」

「私から……第三者から見ればね」

夫人は目を伏せて続ける。

「でも、二人とも不器用なところがおありだったから……。アーシャは何でも我慢する子だったし、伯爵だって普段は仕事のことばっかりで、贈り物は山のようにしても、彼女が本当に望んでいたことは……わかっているようで、わかっていなかったんじゃないかしら」

「わかっていなかった……」

すれ違っていた、ということだろうか。

「時間があれば、お互いもっと腹を割って話す機会もあったんでしょうけれど……あんなに早く旅立ってしまうなんてね。いつもはこっちの方から遅いと急《せ》かしていたのに、なんで死ぬ時はあんなに早いのよ」

最後の言葉は、友人である母に向けた怒りや悲しみの籠《こ》もった口調であった。

「私の主人もよ。良い人はみーんな、あっという間に私たちを置いて行ってしまうんだから。嫌になっちゃう」

「お義母様《かあさま》……」

「だからね、シンシアさん。思ったことは今のうちに何でも伝えておいた方がいいわ。悔いのないようにね」

マーシア夫人の何か見透《みす》かしたような目に、今度はシンシアの方が俯《うつむ》くのだった。

マーシア夫人から母の話を聞いた夜。寝室でロバートに明日の予定を聞かれた。

「明日は午後から、トマス夫人のお宅に伺《うかが》う予定です」

「その明々後日は……」

「孤児院の訪問に」

シンシアの答えに、ロバートはなぜかほっとした表情を見せる。

(エリアスのもとへ行くとでも思ったのかしら……)

それとも別の男性のもとへ？　シンシアはそこまで考え、また暗い気持ちになった。自分はそんなにも信用されていないのだろうか。

「シンシア」

「はい」

名前を呼ばれ、どきりとする。

「今度、きみのお父さんと会う予定なんだが、何か伝えておくことはあるか？」

父と――

『私の目にはお互い思いやっているように見えたわ』

一瞬、マーシア夫人の言葉を思い出す。本当のところ、父は母のことをどう思っていたのだろう。

「シンシア？」

ぼんやりしたシンシアを訝《いぶか》しんで、ロバートがどうしたのかと尋ねてくる。

「あ、ごめんなさい。そうですね……お身体にはどうか気をつけて、と伝えてください」

「わかった。他にはない？」

「えっと……」

どうしようかと迷っていると、ロバートは話してごらんと優しく促《うなが》した。

「お義母様《かあさま》から、私の母と父のことを聞いて……」

「うん」

「二人はお互いのことを大切に思っていらしたと……わたし、それが意外で」

「それで、両親のことがもっと知りたくなったんだな」

「はい」

「じゃあ、それとなく聞いてみるよ」

「でも今さら……」

「実の娘なんだから、両親について知りたいと思うのは当然の感情だ」

遠慮するな、間違っていない、と強い目で肯定され、シンシアは知りたいと素直に認めることができた。

「じゃあ、お継母様《かあさま》や、お父様の気分を損ねないかたちで聞いてきてくれますか」

「ああ、わかった。なんなら……きみも、一緒に行くか？」

ロバートの提案に、シンシアは目を丸くした。

「わたし……」

行きたくない、と思った。初めて、明確に。

（だって家に帰っても……）

継母や、妹たちの楽しそうな様《さま》を見るだけだ。そんなの……

「いや、です」

口にして、はっとする。

「あの、決してロバート様と出かけるのが嫌なんじゃなくて」

「そんなに必死にならなくても、大丈夫だ」

「……ごめんなさい」

俯《うつむ》くと、頬に手を当てられ、名前を呼ばれた。何だかこうされるのも久しぶりで、シンシアは懐かしいと思ってしまった。気づけば、自然とロバートの目を見ていた。

彼と視線を合わせても、いつの間にか怖くなくなっていた。

「実家に帰りたくないと思っても、別にいい」

「でも」

「ご両親の仲が実は良かったと知れば、きみも今の環境を複雑に思うだろう」

そうだ。そうした感情も、行きたくない理由に繋《つな》がるのだ。

「ここにいるのは、辛くないか」

「え？」

「きみにとって……住み辛く、ないか」

シンシアは彼の目を見ながら、小さく首を振った。

「いいえ」

「本当？」

「はい……実家より、落ち着きます」

「そうか。なら、いいんだ」

手を離し、ロバートは子どもに言い聞かせるように優しく告げた。

「嫌なことは、我慢しなくていい。きみが辛くないと思う場所に、ずっといていいんだ」

ふと、エリアスのことを思い出した。

彼もまた、ロバートと同じことを言っていた。逃げてもいいと。

（ロバート様も、そう思っているのかしら）

逃げる先はどこでもいいと、ここじゃなくてもいいと、思っているのだろうか。

「シンシア？」

「それは……ここでも、いいんですか」

シンシアの言葉にロバートは軽く目を瞠《みは》って、少し戸惑ったようだった。その反応にシンシアがやっぱりダメなのかと不安な顔をすれば、違うとすぐに否定される。

「いい。いいに決まってる。きみが望むなら、ずっと……」

そこまで言うと、ロバートはシンシアを抱きしめた。

『きみが、いつか俺のそばを離れても、俺以外の男を好きになっても……俺は止めない』

そう言ってからも、ロバートのシンシアに対する態度はあまり変わらなかった。

ただ、夜は抱かずに、抱きしめて眠ることが増えた気がする。仕事で疲れているのだろうかと思えば、ふとした瞬間に焦《こ》がれるような目で見つめられ、朝方近くまで激しく抱かれる夜もある。

彼の気持ちがわからない。でも、わかってしまうのも怖くて、今のままでもいいと思う自分もいた。

◇

「ああ、シンシア様。毎週来てくださって、ありがとうございます」

アッシュベリー孤児院の院長夫妻から恐縮した態度で挨拶《あいさつ》され、シンシアは中へ通された。

孤児院には、当たり前であるが親を失った子どもたちがたくさんいた。

情けないことにシンシアは子どもに対してもどう接していいかわからなかったが、幸いにも彼らはそんなことを気にせず、美味《おい》しいお菓子を持参してくれる相手に積極的に話しかけてくれる。

「お姉さんは、結婚しているの？」

「ええ。しているわ」

「馬鹿ね。してるに決まっているじゃない」

少しませた女の子が、男の子の質問を鼻で笑う。

「素敵な人？」

また他の子に聞かれ、シンシアはええと頷いた。子どもたちはさらにかっこいい？　優しい？とロバートがどんな人か矢継《やつ》ぎ早《ばや》に質問してくる。そしてとうとう――

「愛してる？」

と直球で聞かれた。シンシアは面食《めんく》らったものの、自分の周りをずらりと囲む子どもたちの、きらきらとどこまでも純粋な好奇心で輝く瞳で見つめられ、頬を赤らめながらも答えないわけにはいかなかった。

「あ、愛しているわ」

すると女の子たちはキャーと悲鳴を上げ、男の子たちはヒューヒューとか、おぉ……とどよめいたりした。

「今日は一緒じゃないの？」

「ええ。今日は、お仕事で来ることができなかったの」

「じゃあ今度はその旦那様も連れてきて！」

「絶対だよ」

「美味《おい》しいお菓子も忘れないでね」

「こら、おまえたち！」

院長夫妻が子どもたちを注意したが、シンシアは時間ぎりぎりまで質問に答えた。

「――いやぁ、すみません。あの子たちが失礼な態度を取ってしまって」

「いいえ。とても元気をもらえましたわ」

帰り際、申し訳なさそうに見送る院長夫妻に、シンシアは気にしないでほしいと微笑んだ。

今も窓から興味津々にこちらを覗《のぞ》いて手を振ってくる子どもたちに、シンシアはこっそり手を振り返す。

(可愛い……)

いつか自分もロバートの子を……と思ったところで、シンシアは驚いた。

今自然に、彼の子どもが欲しいと思ったのだ。

「奥様？」

「あ、いいえ。また、来ますわね」

「はい。よろしかったら今度はご主人も一緒に」

「ええ」

産むのが怖い――今もその気持ちは変わらないけれど、それを上回る感情が、自身の中に芽生えていた。

(いつから……)

シンシアはロバートのことを想って胸が苦しくなった。

「遅くなってしまったわね」

「はい。マーシア様も、心配なさっていると思います」

日頃シンシアの身の回りの世話をするメイドが、ポケットに入れていた懐中時計を取り出し落ち着かぬ様子で呟《つぶや》いた。

孤児院で昼食の準備――スープを大きな鍋から掬《すく》って渡す手伝いをしているうちに、あっという間に予定の帰宅時間を過ぎてしまった。ロバートはシンシアの実家へ出向いているので、まだ家にはいないだろうが、マーシア夫人は心配しているかもしれない。

(それともエリアスがまた来ているかしら……)

鍵を渡してから、エリアスはシンシアのもとへ訪れていない。ずっと会っていただけに、急に見なくなると心配になる。でも心のどこかで安心している自分もいる。

エリアスと話せば、ロバートはシンシアが夫のもとを離れていくという考えをより強固なものにするだろうから。それならば、しばらくエリアスが会いに来ない方が――

(わたし、なんてことを……)

エリアスはシンシアにとって、大切な弟である。孤立していたシンシアの心を支えてくれた、たった一人の家族とも言えた。

恐らく、彼も同じように思っているはずだ。だからこそ、あの鍵を渡してきたのだから。

それなのに自分はロバートとの関係が気まずくなることを理由に、エリアスを追い払おうとしている。

『僕のこと、守って。他の誰かが嫌っても、姉さんだけは僕のこと嫌いにならないで』

縋《すが》るように自分を見た、あの日のエリアスを。

（ずっと、エリアスだけだと思っていた……）

ロバートはいつか必ず、自分の手を離すと思っていたから。最初から諦めて、覚悟していたから、平気だった。でもいつからか……

「あら、シンシアさんじゃない」

はっと声のした方を見れば、余所《よそ》行きの格好をしたキャロラインが近づいてくる。

「あなたも、お買い物？」

「あ、わたしは孤児院を訪問した帰りで」

「あら、殊勝なこと」

でも、と彼女は口元に指を当てて、首を傾げた。

「アッシュベリー孤児院から、あなたが今いる場所は少し遠いのではなくて？」

「乗合馬車を待っていたんです」

そう答えると、キャロラインは猫のような目をさらに見開いた。

「まぁ！　侯爵家の馬車に乗って来なかったの？」

「ええ。……院長夫妻が気にするので」

侯爵家の紋章が入った立派な箱馬車で孤児院まで行ってしまうと、当然目立ってしまう。訪問中外で待たせておくと、近隣の家からも何かと注目される。以前院長夫妻が恐縮した様子で居心地悪そうにしているのを見てから、シンシアは乗合馬車で訪問するようになったのだ。

「そんなの。施《ほどこ》しを与えてあげているんだから、むしろ周りに示した方が、侯爵家の権威に繋《つな》がるのではなくて？」

確かにキャロラインの考えも一理あるだろう。カーティス家は孤児院の運営にそれなりの額を寄付しているのだから。けれどシンシアは、やはり相手の困るようなことはしたくなかった。

夫妻が十分自分たちに感謝していることは会う度に伝わってきたし、子どもたちがより良い生活をできるなら、別にそれでいいじゃないかとも思っている。

しかしこういったことをキャロラインに伝える勇気もなく、また言葉にしても否定されてしまいそうで、結局曖昧《あいまい》に微笑むことしかできなかった。

そんなシンシアの態度に、キャロラインは苛立《いらだ》ったようだ。

「あなたっていつもそうよね。言いたいこと全部心のうちに隠して、相手が気にかけてくれるのを待っている」

卑怯よ、と彼女は真っ直ぐシンシアを非難した。

「ロバートだって、最初はあなたのことが嫌いだったくせに、いつの間にか――」

「キャロライン。何をそんなに騒々《そうぞう》しく話しているんだい」

両手にたくさんの箱を抱えたゴードンが、やぁと箱の横から顔を出す。

「シンシアさん。この前はどうも」

「え、ええ。ゴードン様もお変わりないようで」

緊迫した雰囲気は、彼の出現によって一気に変わった。キャロラインも整った眉を歪め、夫から顎《あご》を逸らして言う。

「あなた、ついて来るのが遅いのではなくて？」

「ああ、すまない。きみが買ったものを、落とさないようゆっくり歩いていたら、つい遅れてしまってね」

それで、とゴードンはまたシンシアへと話題を戻した。

「彼女はどうしてここに？」

「アッシュベリー孤児院からの帰りなんですって。侯爵家の馬車じゃなくて、庶民も乗る乗合馬車で帰るんですってよ」

「おや。そうだったんですか。確かにあの夫妻は多額の寄付を施《ほどこ》してもらって、どこか引け目に感じているところがおありなようでしたから、そうした方がよかったかもしれませんね」

妻ではなく、余所《よそ》の女性の考えに共感を示したことで、キャロラインの機嫌はますます悪くなった。怒っているのに顔から感情が抜け落ちていく様《さま》に、シンシアはひやりとしたものを感じる。

「あの。ではわたしたちはそろそろ失礼いたしますわ」

早く帰ろう、と歩き出したシンシアをキャロラインが呼び止める。

「せっかく会ったんですから、少しお茶でもしていきましょうよ」

突然のお誘いに面食《めんく》らい、シンシアは隣のゴードンと顔を見合わせる。

「ね、いいでしょう。ここで会ったのも何かの縁だし」

「しかし、また急だね、キャロライン」

相手も困るんじゃないか、とゴードンはやんわり妻を止めようとする。

しかし彼女はにっこりと笑顔で躱《かわ》す。

「どうかしら、シンシアさん。他人と肩を寄せ合ってガタガタ揺れる乗合馬車ではなく、我が家のしっかりとした箱馬車できちんとご自宅までお送りするわ」

「でも、家の者に何も伝えておりませんから。せっかくですけれど、また日を改めて……」

「あら。だったらそこのメイドに伝えさせればいいじゃない」

シンシアの隣に佇《たたず》むメイドを冷たく一瞥《いちべつ》して、キャロラインは言い放った。

「わたくしは奥様に付き添うよう、言われておりますので」

「おまえには聞いていないわ」

使用人ごときが口を挟むなという物言いに、メイドの顔が強張《こわば》る。シンシアは彼女の手をそっと握ると、キャロラインへ微笑んだ。

「わかりましたわ。では、キャロライン様たちのご厚意に甘えさせていただきます」

「最初からそうすればいいのよ。じゃ、行きましょ」

「……シンシアさん。本当にいいのかい？」

一人歩き出すキャロラインに代わって、ゴードンがシンシアを心配する。

彼女は大丈夫だというようにそっと頷き返した。キャロラインだけだったら無理を言ってでも帰ろうとしたが、ゴードンが一緒なので、何とかなるだろうと思ったのだ。

「すまないね。少し話したら、妻も満足すると思うから」

「わたしも久しぶりにお話したいと思っていましたから、気になさらないでください」

シンシアはメイドに、申し訳ないが一人で帰ってこのことを伝えてもらうよう頼んだ。彼女は本当に大丈夫かと気遣わしげな視線で主人を見やり、やはり自分も残ると言い出す。

しかしシンシアは首を振って、メイドの両手をぎゅっと握りしめた。

「ロバート様が帰っていらっしゃるかもしれないから、心配なさらないよう、伝えてほしいの」

お願い、と主《あるじ》に言われてしまっては、彼女も断ることはできなかった。

どうかお気をつけて、と言い残して、メイドは名残《なごり》惜しげにシンシアたちを見送ったのだった。


「近くに美味《おい》しいお茶を出してくれるお店があるの。そこで休憩していきましょうよ」

そう言ってキャロラインが連れてきたのは、広い土地に大きな家々が並ぶ閑静な住宅街であった。

「ここに店があるのかい？」

「隠れカフェみたいなものですって」

赤茶色の煉瓦《れんが》を積み重ねた少し古びた印象のある屋敷に、キャロラインは慣れた様子で入っていく。敷地内には低木や花が植えてあったりと一応手入れはされているようだったが、人の気配がなく、どこか寒々しい感じがした。

玄関のドアノッカーを叩くと、ほんの少し扉が開き、若い男性――格好からしておそらく屋敷の従僕だろうと思われる人の姿が見えた。彼は一瞬怪訝《けげん》な表情を浮かべたが、キャロラインがシンシアたちには聞こえない声で用件を伝えると、素直に中へ案内する。

「キャロライン。きみは以前もここに来たことがあるのかい？」

「いいえ。でも男爵家に招待された時にお友達に教えてもらったの」

「そうか。それは知らなかったな……」

「ふふ。あなたもきっと気に入るわよ」

子爵夫婦が会話を続ける中、シンシアは周囲を見回しながら歩く。

「お客様はわたしたちの他にはいらっしゃらないのですか」

「いつもは何人かいるみたいだけど、今日は私たちだけみたい。ラッキーね」

広い客間へ通され、長椅子へそれぞれ腰を下ろした。

「お茶を持って来てくれるまで、少し待っていましょう」

シンシアはええと相槌《あいづち》を打ちながら、室内の中をサッと見渡した。客間なのに書き物用の机があり、壁には斧や剣といった、いかめしい武器が飾られている。神話の世界に活躍した英雄たちに思いを馳せ、彼らにまつわるものを飾って楽しむ――一昔前に流行《はや》った部屋のデザインだ。

（何かしら。上手く言えないけれど……）

あまり長居したくない部屋だと思った。

「いやぁ、どうも落ち着かないね……」

ゴードンも同じらしく、ハンカチを取り出して額《ひたい》の汗を拭《ぬぐ》った。部屋を閉めきっていて、縦長の大きな窓から差し込む陽光で外よりも暑く感じるのだろう。

（喉が渇いたわ……）

「先に冷たい水でも飲む？」

キャロラインの言葉に、シンシアもゴードンも素直に頷いた。

手元にあった呼び鈴を鳴らすと、すぐに給仕係が部屋へ入ってくる。盆に載せられたグラスの中身は透明な色をしており、シンシアとゴードンの前に丁寧な所作で置かれた。

「飲まないの？」

キャロラインは先にグラスに口をつけていた。ゴードンも同じだ。シンシアも二人に倣《なら》って、喉の渇きを潤《うるお》した。

それから三人で他愛もない話をしているうちにお茶が運ばれてきた。アイスクリームも一緒だ。

「冷たいアイスクリームを、熱い紅茶と共に召し上がって」

アイスクリームはバニラ味でひんやりと甘く、口の中で溶けていった。紅茶はカップではなく、ミルクやクリームを注ぐ時に使用するクリーマーに入っていた。

「これをアイスクリームにかけていただくのよ」

「ほぉ。なかなか変わったものだな」

「ふふ。でしょう？　これも隣国で流行《はや》っている食べ方なんですって」

シンシアはほんの数滴かけて口にしようとしたが、キャロラインにもっとかけた方がいいと言われ、容器のほぼ半分をかけてしまった。そうしてアイスクリームが溶けないうちに素早くスプーンで掬《すく》い、口に含んだ。

冷たい触感はすぐに熱い紅茶で溶かされて、甘みと少しの苦みが上手く絡み合い、もっと食べたくなる味わいであった。

「んん。これは美味《おい》しい」

「でしょ。シンシアさんはどう?」

「ええ。とても美味《おい》しいです」

紅茶の味が少し濃すぎる気もしたが、アイスクリームの甘さを引き立てるためだろう。すぐに気にならなくなった。

あっという間に食べ終わり、シンシアもゴードンも満足した顔でスプーンを置いた。

「それじゃあ、休憩もしたことだし、そろそろ帰ろうか。シンシアさんも、ロバートくんが心配しているだろうしね」

「ええ。キャロライン様。美味《おい》しいお店を紹介してくださってありがとうございます」

「あら。まだデザートは終わっていないわよ」

「え? でも、もう……」

くすりと妖艶《ようえん》に微笑んだキャロラインはおもむろに立ち上がる。シンシアも同じように立とうとして——身体に力が入らず、ストンと椅子に逆戻りしてしまった。

(え?)

なんで、と二人を見れば、ゴードンも同じように困惑して、胸に手を当てていた。

「なぜだろう。アイスを食べたのに、すごく暑いな……」

「これからもっと身体が疼《うず》いてくるわよ」

「キャロライン……？」

彼女は扉近くまで歩いていくと、天井からぶら下がっている紐のようなものを引っ張った。

その途端、ガタガタと地震でも起こったように部屋全体が揺れ始める。ぎょっとするシンシアとゴードンを余所《よそ》に、キャロラインは顔色一つ変えず、平然と立っていた。

（一体何が……）

ガガガ、という大きな音を立てて、天井から——部屋に入った時は気づかなかったが、溝のようなものがあり——細い鉄の棒がいくつも、縦と横に折り重なる形で下りてきた。

揺れが収まって改めて見れば、シンシアとゴードン、そしてキャロラインの間を鉄格子が隔《へだ》てていた。

「これは……」

まるでシンシアとゴードンの二人を閉じ込めたような図に、二人は言葉を失う。

「キャロライン。これは一体何の冗談だ」

「私は冗談で何かをやったり、言ったりすることが大嫌いなの。あなたはご存知ないかもしれないけれど」

シンシアはどくどくと痛いほど心臓が速くなるのを感じた。背中に悪寒が走ったかと思えば、カッと頬が火照《ほて》ってくる。まるで風邪のような症状だが、そうじゃないと本能が訴えている。

「ここの屋敷の主人はね、少し変わった趣味がおありなようで、人の情事を他人に見せるのがたいそうお好きみたい。だから月に一度、似た趣向の方をお招きして、自分たちの営《いとな》みや、使用人を利用して行為に耽《ふけ》る姿をお見せしているそうよ」

キャロラインは何を言っているのだろう。

「まるで檻の中で動物が交尾するのを観察するみたいで楽しい……そう考えているようだけれど、悪趣味よね。汚らわしくて、吐き気がする」

「キャロライン。きみは」

「まともな人間が見たら、一気に気持ちが冷めてしまうわよね」

彼女の目が、は、は、と、浅く息を吐くシンシアを見つめた。

理性のある人間ではなく、汚らわしい獣《けもの》を見るような、蔑んで、憎悪に染まった目で。

「あなたの帰りが遅くなったら、過保護なロバートはあなたを迎えに来るでしょうね。それで、何とかここを突き止めて、それから……」

「キャロライン！」

「あなたとゴードンが互いに絡み合っていたら、どんな顔をするかしら」

——さすがの彼も、あなたを手放すでしょうね。

キャロラインの言葉に、シンシアはごくりと唾を呑み込んだ。

◇

「――では、その方向で進めてみよう」

事業の方向性が決まるとメイソン伯爵は立ち上がり、ロバートに有意義な時間だったと手短に述べた。

そのついで、というようにさりげない調子で伯爵が尋ねてくる。

「シンシアは元気にやっているか」

（そっけないが、毎回律儀に尋ねてはくるんだよな……）

「ええ。変わりありません。伯爵にも、身体に気をつけてほしいと伝言を頼まれました」

「そうか……」

それ以上尋ねることはしない。ロバートも、いつもならここで会話を終わらせていた。

けれど今日は――

「それと、自分の母親についてもっと知りたくなったみたいです」

「アーシャのことを？」

伯爵が亡くなった妻の名前を自然と呼んだことで、ロバートは意外なような、奇妙な気持ちになった。

「なぜ、そんなことを」

「私の母から聞いて、昔を思い出したんじゃないでしょうか」

伯爵はしばし黙り込んだ。何も言うことがないのかもしれない。

（やはりこの人にとっては、ただの政略結婚だったのか……）

ロバートがそう落胆しかけた時――

「なら、彼女の実家に行くといい」

「彼女の実家？」

端的な答えが返ってきて、ロバートは思わず聞き返す。

「アーシャが少女時代から過ごしてきた部屋が、まだそのまま残っている。使用人にも掃除をさせているから、綺麗なままだろう」

ロバートの記憶が正しければ、確か彼女の実家は別の家主のものになっていたはずだ。

「私が買ったんだ」

「伯爵が、ですか？」

「その方が彼女も喜ぶと思ったからだ」

またもや意外な答えに驚く。

利益もなしに、個人――しかももうこの世にはいない人間のために伯爵が金を使うはずないと、無意識に決めつけていたからだろう。いや、実際彼ならそうするはずだ。

「こう言ってはなんですが……正直、意外です」

「あそこなら、彼女も安らかに暮らせると思った」

シンシアの母親は病気で亡くなったと聞いている。その一年後に伯爵は他の女性と再婚した。伯爵にとって先妻のことなど、とっくに過去の人となっていると思っていたが、一応シンシアの母親だからだろうか。

(それとも……)

「彼女のこと、愛していましたか」

沈黙が落ちて、ロバートはひどく緊張した。聞いてはいけなかった質問かもしれない。

でも、きっとシンシアが一番知りたがっている答えだ。

「……私は最初、彼女の婚約者ではなかった。彼女の結婚相手は、私の兄だった」

初めて知った内容にロバートは驚きで声が出なかった。

「幼い頃から、二人はとても仲が良かった。兄は生まれつき身体が弱くて、何日も寝込む日があったが、その度に彼女はそばについて看病していた。私はその姿をいつも部屋の外から見ていた」

伯爵は淡々と過去のことを話す。

「病弱さを克服し、もう大丈夫だと思っていた兄がある日あっけなく死に、彼女は修道院に入りたいと願い出た。周囲はそれを許さず、私が彼女と結婚するよう命じられた」

「そこに、あなたの意思はありましたか」

それとも仕方なく結婚したのか。ロバートの質問に伯爵がちらりと目を向ける。そしてまた、窓の外へと視線を向けた。遠くを見るような、誰かを想うような……そんな眼差しで。

「私は彼女に、愛さなくてもいいと告げた。跡継ぎを産んだら、好きにしていいと。兄のことを想い続けていいと。だからその代わり、私と結婚してくれと」

でも結局、アーシャは子を産んで身体を壊した。それで伯爵は余所《よそ》でエリアスを……

(本当に彼は、伯爵の子なのだろうか)

もともと似ていないということもあるが、今の話を聞いてさらに怪しく思った。なぜなら、伯爵は今でもアーシャのことを――

「兄が元気だったころ、彼女の実家へよく行っていた。私も時々連れて行かれた。彼女はいつも笑っていた。私が見てきた中で一番、幸せに満ちた表情だった」

「……だから、家を残していると？」

「生きている人間の、都合のいい自己満足だがな」

どこか自嘲するように言った彼の顔を、ロバートは初めて人間らしいと思った。

「シンシアが彼女のことを知りたいなら、いつでも訪れて構わないと伝えてくれ」

「ロバート様」

執事に促《うなが》され、屋敷を後にしようとしていたロバートは今のメイソン伯爵の妻に呼び止められる。

「何でしょうか」

「あの、あの子……エリアスはシンシアのもとをよく訪れているのでしょうか」

エリアスの名前に、ロバートは知らず顔が強張《こわば》る。それを肯定と受け取ったのか、夫人は美しい顔を青ざめさせた。

「ええ。ここ数日はお見かけしていませんが、以前は事あるごとに妻に会いに来ていたそうです」

「そんな……」

「二人は姉弟でしょう？　仲が良いのは何よりじゃありませんか」

「ええ、そうですわね……本当に、幼い頃から仲が良くて……あの子が大きくなるにつれて、私……」

夫人はやけに二人のことを気にしているが、年頃の姉弟を持つ親はみんなこんなふうに悩むものなのだろうか。

引っかかりを覚えて黙り込んだロバートに、夫人は頭を下げた。

「シンシアのこと、どうかよろしくお願いします」

「……ええ、もちろんです」

実の息子ではなく、血の繋《つな》がらない娘の心配をしたのは、ただの偶然だろうか。

メイソン伯爵が再婚したのはアーシャが亡くなって一年後。その時すでにシンシアより一つ下のエリアスがいた。妻が病気で臥せっている間に孕《はら》ませてできた子がエリアス。周囲の人間はそう考えていたが、真実は違うのかもしれない。

(どちらにせよ、伯爵は今の夫人との間に子どもを作った)

伯爵が自身で気づかぬほど深く前妻《アーシャ》のことを愛していても、ずっとそれでいいというわけにはいかない。

エリアスがメイソン家の血筋を引いていないならば、嫡男を誰かに産ませる必要があった。

そう考えると、夫妻の間には女児が多く、男児は末子のコリンだけである。それ以降、子どもは生まれていない。

(ただ跡継ぎを産ませるためだけに再婚した女性……)

それはそれで複雑だ。シンシアはどう思うだろうか。彼女が傷つかないように、慎重に伝えなくてはならない。

（もう、孤児院から帰ってきている頃か）

彼女のことだから、子ども相手でもまごついているのではないかと心配になった。

（それとも母親になると、変わるものなんだろうか……）

ロバートの母親のように容赦なく叱りつけ、小言を並べ立て……いや、シンシアの性格を踏まえると、子どもにも優しく、少々甘いところがある母親になるだろう。そうなると叱るのは自分の役目になり――と考えたところで、ロバートは気恥ずかしい気持ちになる。

（まだ生まれてもいない子どものことで、俺は何を考えているんだ……）

それに子どもができたら、シンシアがもう自分に抱かれる義務はない。ロバートの妻として、そばに居続ける必要もない。彼女は自由になる。自分以外の男と、本当に好きな相手と愛し合う。

（……いや、彼女のことだから、生まれたばかりの赤ん坊は放っておけないはずだ）

それに生まれてくる子は女の子かもしれない。跡継ぎには男児が必要だと言えば、一人では不安だと説得すれば――

（最低だな、俺は……）

自分が心底嫌になり、ロバートは現実逃避するように外の景色へと目をやった。

ふと街を歩く人物に目が留まり、考えるより先に窓から身を乗り出して御者に止まるよう伝えていた。

「エリアス！」

ポケットに両手を突っ込み、今まで見たこともない冷たい表情で歩いていたエリアスは、ロバートの呼び声にさっと顔を上げ、先ほどとは違う、いつもの冴《さ》えない表情で目を丸くさせた。

「これは、ロバート様。お久しぶりです」

馬車が道の端に止まり、ロバートはドアを開けた。

「よかったら乗って行くといい」

「いや、そんないいですよ。もう帰るところですから」

恐縮して辞退しようとするエリアスの顔をロバートはじっと見て、にこやかに告げた。

「じゃあ、我が家へ来るといい。母もきみが来たら喜ぶだろうし――シンシアも、きみを待っているはずだ」

ロバートの言葉が意外だったのか、エリアスは驚いたような顔をした。

「姉さんも、いらっしゃるんですか」

「……ああ。今日は出かけていたんだが、もう帰ってきているはずだよ」

エリアスはどうしようかと悩む素振りをする。ロバートは、彼はこれからシンシアのもとへ行く予定ではなかったのだなと冷静に観察していた。

「でも、やっぱり今日はやめておきます」

歩いて帰りますと告げて去ろうとしたエリアスの腕を、ロバートはとっさに掴《つか》んでいた。

「ロバート様？」

「俺の我儘《わがまま》かもしれないが、どうか家へ寄って行ってくれ」

「……そこまでおっしゃるなら」

エリアスはロバートの強引さに困惑を隠せないようであった。ロバートも、なぜ自分がここまで必死になってエリアスを馬車へ乗せようとしているかわからなかった。

……いや、そうではない。

自分はこの青年を行かせたくないのだ。行かせてはいけないと、なぜかそう思った。

馬車に乗せたはいいものの、なんとなく気まずい雰囲気が流れ、何を話そうかと悩んでいるロバートにエリアスが口火を切った。

「――ひょっとして、姉さんとこっそり会うのかと思いました？」

彼は揶揄《やゆ》するような、面白がる目で自分を見ている。

「きみたちは、姉弟だろう？」

「ええ。僕にとって、ただ一人の姉です」

「……弟や妹たちとは違うのか」

問いかける声はどこかぎこちなく、緊張しているようにも聞こえたかもしれない。エリアスはそれを見抜いたように微笑んだ。

「彼らとは年が離れていますから」

シンシアも以前同じことを言った。二人にはきっと、自分が知らないたくさんの過去や共通点がある。

そのことに焦《こ》がれるような嫉妬を覚えると同時に、初めて会った時から少しずつ感じていた違和感と不安が大きく膨らんだ。

「……きみはシンシアのこと、どう思っているんだ」

「どうって……前に言いませんでしたか？　世界で一番、誰よりも幸せになってほしい存在だと」

「なら……どうしてもっとそうなるように導《みちび》いてやらなかったんだ？」

エリアスは首を傾げた。

「すみません。おっしゃっている意味がよくわからないんですが……」

「きみは俺に、鍵を渡した。シンシアはずっと苦しんできた――だから、役目を終えたら解放してやってほしいと言った」

「ええ。言いました。姉さんのためですよ」

エリアスが本当にシンシアの弟ならば、二人が抱き合う姿を見なければ、ロバートは疑うことなく信じただろう。彼の、彼女を見つめる眼差しさえ知らなければ。

「……普通、あんなものを渡せば、俺とシンシアの仲が拗《こじ》れるとは思わなかったのか」

「配慮が欠けていたことは謝ります。でも、あれが僕なりに考えた結果だったんです。お二人は少し距離を置いた方がいいんじゃないかと思いまして」

「本当に俺たちの仲をどうにかしたいなら、弟として姉の相談に乗ってやるとか、やり方はいくらでもあっただろう。きみには、それができたはずだ」

少し笑ってエリアスは答える。

「いやだなぁ。買いかぶりすぎですよ。でも……そうですね。ロバート様の言う通り、もっと親身になって姉さんの話を聞いてあげればよかったかもしれません」

浅はかでした、と彼は今度は落ち込んだ様子で謝罪してきた。

「……ずっとそんなふうに、演じてきたのか」

ロバートがそう言うと、エリアスは困ったような顔をする。

「演じてきたなんて……あなたにはわからないかもしれませんが、これが僕の精いっぱいなんです」

「シンシアが劣等感を抱かないように、か？」

エリアスは黙り込んだ。ロバートはそれに構わず、相手の感情を揺さぶろうと話し続ける。

「きみにとって、シンシアは自分を見てくれるたった一人の人間だった。だから彼女に優しくした。そして、どうしたら彼女にとって特別な存在になれるか考えた。導き出した答えは『同じ』になること。彼女が劣等感を抱かないくらい、逆に庇護欲をそそるくらい愚かに振る舞えば、彼女は放っておけず、きみに手を差し伸べてくれる」

そうすればシンシアの目には、エリアスだけが映った。

守らなくてはいけない、たった一人の大切な弟として。

「ロバート様は、想像力豊かな人ですね」

ここまで言っても、まだエリアスは本性を曝《さら》け出さず、微笑んでいる。

「僕が姉さんを自分のものにするためにわざと道化を演じるなんて……僕にそんな器用さはありま

せんよ。みんな僕のこと、何もできない落ちこぼれだと思っているんですよ？」

そう。周りの人間も、エリアスがただの冴《さ》えない青年だと思っているだろう。

だが父の死後――本心を隠し、相手を意のままに操ろうとした人間を大勢見てきたロバートには、エリアスにも同じものを感じた。

目的のためなら、自分自身を容易《たやす》く偽り、どんな手段も選ばない残忍さを。

「馬鹿だから、何の話をしていたか忘れてしまいました。ええと……ああ、そうだ。僕が姉さんの幸せを考えていないって話でしたよね。僕の行動は、全然姉さんの幸せに繋《つな》がっていないって。まぁ、他人の目から見れば、確かにそう見えるかもしれませんね。でも、ロバート様」

――あなたに何がわかるんですか。

「あなたはご両親に愛されて育ったんでしょう？　生まれてきて、感謝してもらえたんでしょう？　そういう恵まれた人間からすれば、僕の姉さんに対する振る舞いは愛に見えないかもしれません。でも、別に少しくらい違っていてもいいじゃありませんか」

「きみは……」

「だいたい、あなたに僕を責める資格なんてあるんですか。姉さんのこと、ずっと放っておいたんでしょう？」

ロバートは言葉に詰まる。

そうだ。その間、シンシアの心の支えになったのはエリアスだった。

「だから結局、鍵も受け取って、姉さんに渡してくれたんじゃないんですか」

そうだ。シンシアがエリアスと一緒にいたいなら、それが彼女の幸せなら、と思って。

「それを今さら手放したくないとか、何を虫のいいことを考えていらっしゃるんですか」

無邪気な笑みを浮かべ、けれどレンズ越しの青い瞳はゾッとするほど酷薄だった。

「学生時代あんなに好いてくれていた男がここまで変わって、キャロラインも惨《みじ》めで可哀想ですね」

『私より、あの子を選ぶの？』

男爵家で半ば強制的に参加させられた乗馬では、シンシアのことばかり考えてしまい、抜けようとした。その時に腹立ち紛れにぶつけられたキャロラインの言葉が蘇《よみがえ》る。

「それとも、本当はそこまで愛していなかったのかもしれませんね。お互い、ただ自分の隣に立っても見劣りのしない人間を選んでいただけ」

『ええ、そうよね。殿方はみんなお金よね。自分の地位が大切だもんね。あの人も結局、そうに違いないわ』

「あなたにとっては、姉さんも隣に立つのに相応《ふさわ》しい女性ではないかもしれませんよ」

『別にそれでもいいわ。でも、気持ちまでもらえるなんてずるい。あの子は何も努力していないのに！』

違う。シンシアはずっと努力していた。苦手なのに、逃げたかっただろうに、ずっと傷つきながらも前を向いてきた。そんな彼女を、キャロラインは知らない。自分もまた、知らなかった。知ろうとしなかった。

知る機会は、いつだってあったというのに。

あの放課後の図書室で一度でも声をかけていれば、優しい彼女はきっと答えてくれたはずだ。根気よく話し続ければ、俯《うつむ》いた顔を上げて、ロバートの目を見てくれたはずだ。エリアスに見せているような自然な態度で、ロバートに心を開いてくれたかもしれない。

そうしたすべての機会を捨てたのは、他ならぬロバート自身だった。

『今さら、あなたの気持ちが彼女に伝わるかしら』

「姉さんは、あなたを愛しているわけではありません」

『彼女はただ、逆らうことができないからあなたに従っているだけ』

そんなこと、自分が一番よくわかっている。

だが他人の口から告げられた事実は、心臓に杭を打たれたかのような痛みをロバートに与えた。

「あなたじゃなくても、シンシアは同じように優しく受け止めてくれましたよ」

そう。自分でなくともよかった。相手の地位が低くても、容姿が劣っていても、受け入れてくれる。でもエリアスに対してだけは——

「シンシアは、きみの幸せを願っていたはずだ」

おいていかないで、と彼女は涙ながらに訴えた。あれはきっと、自分へ向けた言葉ではない。エリアスに向けたものだ。

「シンシアにとって、きみと離れ離れになることは身を切られるほど辛かったはずだ。それでも、最後には見送ったんじゃないのか。きみのためだと、きみの幸せに繋《つな》がると思ったから……だから、自分の痛みを我慢したんじゃないのか」

教えてくれ、とロバートは言った。

「きみはその時、何を思ったんだ」

「……嬉しかったんですよ」

「嬉しかった？」

「ええ」

エリアスは脚を組んで、馬車やたくさんの人間が行き交う街中に目を向ける。

「ああ、この子だけは僕のことを求めてくれる。僕がいなくなることに絶望してくれる。僕みたいな人間のために涙を流してくれる。あんなにも幸せな瞬間はなかった。このために僕は今まで生きてきたんだって、そう思いました。だから」

ゆっくりとこちらを向いたエリアスの顔は何の感情も浮かべていなかった。

「シンシアが僕のいないところで、僕なしで幸せになるなんて、絶対に許せない」

ロバートは握りしめていた拳《こぶし》をさらにきつく握った。

「エリアス。きみは――」

「なんて言えば、ロバート様は諦めきれないでしょう」

馬車が止まり、カーティス家の屋敷へ着いた。しかしロバートはその場に縫い付けられたように動けなかった。

「僕はクズで、とうていシンシアの幸せを任せることができない最低な人間。そういうもっともらしい理由を、あなたは僕の口から言わせようとしている——自分がシンシアのそばにいるのが相応《ふさわ》しくないと思いながら、諦めきれないでいる。偽善者だ」

何も言えず目を見開くロバートに、エリアスはくすりと笑って、安心してくださいと言った。

「姉さんの夫はあなただ。お二人は神に愛を誓い合った正式な夫婦で、そこに僕が割って入ることは許されませんよ」

さ、出ましょうと言われても、ロバートは何も言葉を返せなかった。


「ああ、ロバート。帰ってきてくれたのね！」

玄関前。マーシア夫人はロバートがエリアスを連れてきたことも目に入らない様子で、不安に駆られた表情で出迎えた。

「何か、あったんですか」

「それが、シンシアさんがまだ帰ってきていなくて」

「まだ？」

アッシュベリー孤児院への訪問はこれが初めてではない。いつも今頃の時間にはすでに帰宅していたはずだ。

（お目付け役のメイドがついているが……）

「旦那様！　奥様！」

声のした方を振り向いた時、ロバートは嫌な予感がした。そこにいたのは、シンシアに付き添って行ったメイドだ。しかも彼女は一人で、非常に焦った顔をしている。

「シンシアに何かあったのか？」

走ってきたメイドが呼吸を整える暇も与えず、ロバートは問い質《ただ》した。見かねたマーシア夫人が駆け寄り、メイドの背中を擦《さす》ってやる。

「シンシアさんはどうしたの？」

「それが……」

孤児院からの帰り、シンシアはキャロラインとゴードンに誘われ、お茶をすることになったという。だがどこへ行くのか心配になったメイドは、先に帰るよう促《うなが》されたものの、彼らの後をこっそりつけた。

「それでその、住宅街へ入って行って、たくさん並ぶお屋敷の一つ、赤煉瓦《あかれんが》の少し古びた屋敷へ入っていかれました。私が外から眺めていたら、その屋敷の庭師が、あまりこの屋敷に関わらない方がいいと言って……中へ入ろうかとも思いましたが、何だか怖くなってしまって、それで」

「その屋敷はどこにあるんだ」

メイドの言葉を聞くや否や、ロバートは顔を強張《こわば》らせた。そして、すぐさま今まで乗ってきた馬車へと引き返す。

「ロバート！」

母の呼び止める声にも、ロバートは聞く耳を持たなかった。

「すぐに出してくれ！」

ハーヴィー男爵の屋敷に招かれた時、学生時代の友人たちが話していた。古びた屋敷で、とても人には言えないような交わり方で享楽に耽《ふけ》る集会があるのだと。夫婦生活に嫌気が差した者や、型通りの情事に飽きた者たちが参加する、夜の戯《たわむ》れだ。

話を聞いていたロバートは貴族として、人としてあるまじき行いだと眉根を寄せたが、何人かは興味を持ったようで熱心に話を聞いていた。その中には、キャロラインも含まれていた。

ゴードンもいるとメイドは言っていたが、だから大丈夫なはずだとシンシアは思ったのだろう。だが彼は善良な人間だ。ぞっとするほどの悪意を前にして、拒絶することはきっとできない。

（シンシア……）

エリアスは、自分がいないところでシンシアに幸せになってほしくないと言っていた。あれが彼の本心かはわからない。けれど感情の抜け落ちた表情で吐き出された言葉に、彼の隠しきれない暗い一面を垣間見た気がした。

エリアスの言う通り、ロバートはどこかで彼を下に見ていた。シンシアのそばにいるのに相応《ふさわ》しくない人間だという理由を探していた。そうすれば自分はまだ彼女のそばにいられると思って。

シンシアの幸せを願っておきながら、結局自分も彼女を手放したくないと思っている。

身勝手で、欲深い人間だ。

でも――

（きみが言っていることは、つまりシンシアが酷い目に遭ってもいいってことなんじゃないのか）

今この瞬間、シンシアは泣いているかもしれない。傷つこうとしているかもしれない。助けを求めているのに誰からも手を差し伸べてもらえず、絶望しているかもしれない。

そう思うと、ロバートは居ても立っても居られなくなり、頭がどうにかなりそうだった。

(エリアス。きみは平気だったのか?)

シンシアを傷つけたくない。シンシアを辛い目に遭わせたくない。

好きなら、愛しているなら、彼女を一人にするべきじゃなかった。周りに反対されても、彼女のそばに残るか、いっそ彼女を隣国まで連れていけばよかった。彼女を大切にしてやれる人間に任せるべきだった。そういった環境を作ろうと思えば、作れたはずだ。

(本当に大切なら、彼女の幸せを願ってやれよ……!)

エリアスが本当はどんな環境で生まれ育ったかはわからない。彼の言う通り、自分は恵まれているのだろう。でも、それならばなおのこと、今までそばにいてくれた人間を不幸に落とす真似が理解できなかった。

(シンシアに何かあったら俺は……)

どうか無事でいてくれ、とロバートは握りしめた両手を額《ひたい》に当てながら必死で祈った。

◇

熱い。悶《もだ》えるような疼《うず》きがお腹の底から這い上がってくる。

(きっとあの紅茶だわ……)

いつもより味が濃くて、どろりとしていた。おそらく身体をおかしくさせる薬が入っていたのだろう。

「その熱をどうやって鎮めるか、わかっているでしょう」

椅子から落ち、縁に寄りかかるようにして座り込んだシンシアはどくどくと高鳴る胸に手を当てながら、キャロラインを見た。目が合うと、彼女は猫のような大きな目を細め、ふっくらとした赤い唇を蠱惑《こわく》的に吊り上げた。

「二人で、何とかするしかないのよ」

「キャロライン。きみは自分が何を言っているのか、理解しているのかい」

ゴードンがふらふらとした足取りでキャロラインの前まで歩み寄る。鉄格子を握り、額《ひたい》に汗を浮かべながら、必死で妻の考えを読み取ろうとしているようだ。

「ええ、あなた。よく理解していますわ」

「……いいや。きみはきっと何か思い違いをしている。きみはそんな人では――」

「あなたに私の何がわかるの!?」

忌々《いまいま》しいというようにキャロラインが大声を上げた。怒りで身体を震わせ、背中に垂らされた赤い髪がさらさらと揺れる。

「私が何をやっても怒らない。いつも黙って従う。うすら寒い美辞麗句ばかり述べて、本当の私とはかけ離れたことばかり言って。誰よりも幸せなんですって顔をして。ねぇ、あなたにそうやって下手に出られる度、私がどんなに惨《みじ》めな気持ちになっていたか、わかる？　そんなに私のこと、怒らせたくないんだって。お金を出してくれる大切な支援者の娘だから、どんなに罵倒されても馬鹿にされても他の男に気があっても痛くも痒《かゆ》くもないんだって、そう思っているんでしょう⁉」

「違う！」

ゴードンは悲鳴を上げるようにしてキャロラインの言葉を否定した。

「金なんか、どうでもいい！　私はきみが好きだから、きみのすべてが愛おしいから、だから結婚を申し込んだんだっ……！」

「嘘よ。あなたが今こんなにも裕福で、会社を成功させることができたのは、スペンス家のお金と名前があったからだって、私、知っているのよ？」

「誰が、そんなことを……」

「周りはみんなそう言っているわ」

夫の言葉ではなく、赤の他人の言葉を妻は信じている。ゴードンの顔が悲痛に歪んだ。鉄格子を強く握っていた手が力なく滑り落ち、そのまま床へ座り込んだ。

「どうしたら、きみは信じてくれる？」

「シンシアさんを抱いて」

信じられない様子でゴードンが顔を上げる。シンシアもまた、キャロラインがしようとしていることに慄いた。

（どうして彼女は自分の夫にそんなことを……）

シンシアを傷つけたいのはわかる。でも、それに自分の夫を利用する心情がわからなかった。

「あなたが今ここでシンシアさんを獣《けもの》のように犯したら、そうしたら、あなたの愛が本物だって信じてあげる。私への気持ちは金や名誉のためじゃない。本当に心からのものだって」

「そのために、きみ以外の女性を抱けと？　妻以外の女性を……こんな、薬まで使って……」

「愛する人からのお願いよ。叶えられるはずでしょう？」

「……そうしたら、きみは信じるのか、キャロライン……私のきみへの気持ちを……」

檻の中で許しを乞うように見上げる罪人のようなゴードンに、キャロラインは女神のごとく美しい微笑を贈る。

「ええ。信じるわ」

沈黙が落ちる。ゆっくりとゴードンが立ち上がり、シンシアの方を振り返った。榛色《はしばみいろ》の、飢えた瞳が自分を映して、シンシアは熱に浮かされていながら全身凍りつく思いがした。

まさか、と思った。けれどシンシアの考えを否定するように一歩、彼が足を踏み出す。

自分の方へ、近づいてくる。

「ゴードン、様……」

シンシアの呼びかけにも反応せずこちらへ歩み寄ってくるゴードンは、まるで別の人間に見えた。

は、は、と浅い息を繰り返す男は本当に獣《けもの》のように見える。

(キャロライン様に信じてもらうために、本当にわたしを抱くの……？)

そこまでしてゴードンは――

そうまでしないとキャロラインは――

シンシアは苦しくなって、キャロラインを見た。

(彼女も本当は――)

突然、ガシャンという大きな音が響いた。

シンシアがはっとして見ると、足元のおぼつかないゴードンの手が、テーブルの上に置いてあった食器を倒し、ナイフやフォークの入れてあったカトラリーケースも床へばらまいていた。

ゴードンは立ち止まり、床へ膝をつく。念入りに磨き上げられた銀のナイフをおもむろに手に取り、そして――

「ゴードン!」

自身の掌《てのひら》を切り刻むように強く、刃の部分を握りしめた。白い手袋がみるみるうちに赤く染まっていく。よほど強く握っているのか、溢《あふ》れるような鮮血が床へ滴《したた》り落ちていく。

「あなた、何をしているの!?」

キャロラインが鉄格子を掴《つか》み、夫の予想外の行動に動揺する。

「……キャロライン。私には、きみ以外の人を愛するなんて、できないよ」

「あなた……」

ゴードンはナイフを手にしたまま、目から大粒の涙を零《こぼ》す。

「私が好きなのは、どうしたって、きみだけなんだ……他の女性では意味がない。きみが好きで、きみを愛したいんだ……きみに、その気持ちを認めてもらえないくらいなら、死んだ方がマシだ……」

血を流し、涙ながらに訴えるゴードンの姿にキャロラインは言葉を失う。

そしてシンシアもまた、その光景に衝撃を受けていた。

特別に容姿が美しいわけでもない。力尽きたように床に座り込み、顔をぐしゃぐしゃにしながら、愛の言葉を口にする様《さま》は、気品ある振る舞いを好む人間からすれば、みっともなく、目を背《そむ》けたくなる姿かもしれない。

でも、打ちひしがれながらも、ゴードンは愛する人からの指示を拒絶している。キャロラインが好きだと全身で訴えている。

「きみが好きだ……愛している……」

（ああ、そうか。わたしは——）

浅い息を吐きながら、この熱を誰でもいいから鎮めてほしいという浅ましい欲を必死に抑え込みながら、シンシアはぐっと歯を食いしばり立ち上がった。

「なに、しているの」

キャロラインが夫から、シンシアへと目を向ける。まるでゴードンに近づくことを許さないというような、警戒した目つきだった。——きっと、キャロラインも同じだ。

（わたしはロバート様に、否定してほしかった）

エリアスに鍵を渡された時、どういうことだと責めてほしかった。だって彼はシンシアの夫だ。嫉妬して、問い質《ただ》してほしかった。他の男のもとへ行くことを許してほしくなんかなかった。

（なんて、勝手なんだろう……）

『人間なんてみんな自分勝手な生き物だ』

脳裏をよぎったロバートの言葉に、ふっと微笑む。

（だったら、わたしも……）

シンシアは窓際まで来ると、寄りかかるように身体をガラスへ押しつけ、吐息を漏らした。少しの距離が、永遠の遠さに思えた。それでも身体を外へ向け、窓を開けようとする。けれど――

「無駄よ。その窓は、ただの飾りだもの」

キャロラインの言う通り、鍵がついていないタイプの窓で、今の自分を閉じこめている鉄格子と同じだった。

（いいえ。同じじゃない）

部屋の中を見渡し、壁のところでふと目が留まった。シンシアは今度はそちらへ足を向け、爪先《つまさき》立ちで腕を精いっぱい伸ばして、壁に飾られた斧を掴《つか》み取ろうとする。

「な、何しているの」

ようやく手に届いた斧は、重かった。支えきれず、派手な音を立てて床へ落としてしまう。下手すれば自分を傷つけていたかもしれない。しかしその恐怖も、身体を支配する欲で緩和された。

（熱い……）

額《ひたい》から汗が流れ、涙みたいに床へ滴《したた》り落ちていく。最初は、ずっと誰かの助けを待たなくてはいけないと思っていた。自分なんかに、そんな力はないから。

（でも、それじゃダメなんだ……）

伝わらない。自分から、会いに行かなくては。

「何をするの。……まさか、ゴードンを」

「シ、シンシアさん……」

重い柄を握りしめ、足に力を入れて、彼女は渾身《こんしん》の力で斧を振り上げた。

自分を閉じこめる檻から逃げるために。ここから逃げ出す唯一の扉を壊すために。

「きゃあああっ」

ガッシャーンと派手な音を立てて、窓ガラスが割られた。

その様子がスローモーションのようにゆっくりと、鮮やかにシンシアの目に映る。砕け散って飛んでくる破片からシンシアは顔を背《そむ》けた。

「ちょっ、あ、あなた、何しているの⁉」

「――キャロライン様」

欠けた窓から入ってくる外の空気が、火照《ほて》った肌を冷ますように冷たく感じる。呼吸を整え、シンシアは振り返った。

「あの時、あなたに何を言えばいいのかわかりませんでした」

「な、何の話を」

「でも、今なら言えます」

今度は目を逸らさず、正面からキャロラインを見据えた。

「わたしはロバート様が好きです。愛しています。だから、あなたに渡すことはできません」

『あなたみたいな人と結婚しなければならないロバートが可哀想』

可哀想でも、シンシアはロバートが好きになってしまった。誰にも渡したくない。

「だから、あなたの考えに乗ることはできません」

「シンシアさん……」

キャロラインもゴードンも、呆然とした様子でシンシアの行動を見ていた。

シンシアの非力な力では、狭い範囲のガラスを割ることしかできなかった。だから何度も斧を振りかざし、ガラスを仕切っていた木の枠も叩き壊す。

そうして、広くなった窓枠へと手をつき、シンシアは自身の身体を上に押し上げた。散らばったガラスの破片が手袋越しに当たってちくりと痛むが、今は我慢だ。

「ちょっと、まさか、あなた」

「シンシアさん。馬鹿な真似は、よすんだ」

シンシアの体勢は、窓から飛び降りる寸前のものであった。真っ青になる二人を振り返り、彼女は朗《ほが》らかに笑った。

「大丈夫です。わたし、身体だけは丈夫なんです」

二階の高さで、下には草木が茂っている。怪我はするかもしれないが、命まで失うことはないだろう。ここから出られるなら、痛みや恐怖も我慢できる。

シンシアは深く息を吸って、下を見つめた。後ろから必死に呼び止めようとする声を振り切って、腰を少し屈めて——

「シンシア！」

（え？）

ロバートの声が聞こえた。幻聴かと思っていると、今度はその姿までが視界の端に映った。彼はなぜか梯子《はしご》を手にしている。

「何しているんだ！」

「えっと、飛び降りようと思って……」

「はぁ!?　何馬鹿な真似をしているんだ！」

じっとしていろっ、とロバートは言うなり、梯子《はしご》を壁に立てかけ、すごい勢いで登ってくる。突然の夫の登場に事態を受け止めきれないシンシアであったが、近づいてくるロバートの姿に我に返る。

「ロバート様、危ないです……！」

シンシアの制止も聞かず、彼はすいすい梯子《はしご》の頂上まで登りつめると、片手で桟を掴《つか》み、もう片方の空いた腕をシンシアに向かって伸ばした。梯子《はしご》の高さは窓まで届かないので、飛び降りて受け止めてもらう必要がある。

「シンシア」

彼女は飛び降りることではなく、ロバートが怪我をするかもしれないことに躊躇《ためら》いを覚える。でも——

「大丈夫だから」

その声を聞いた瞬間、シンシアは一歩踏み出していた。

「っ……！」

ロバートは片手でシンシアを受け止めた。宙に放り出された浮遊感、ガタガタと揺れる梯子《はしご》の不安定さ、そんなに高くないと思っていた地面が予想よりはるか下に見えたことに気づき、シンシアにどっと恐怖が押し寄せてくる。

「大丈夫だ。下を見るな」

俺を見るんだ、と言われ、シンシアは顔を上げる。紫色の瞳が太陽の光できらきら輝いていた。

「待ってろ、あと少しで――シンシア？」

シンシアはロバートの頬に手を添えた。綺麗で届かないと思っていた彼の瞳から目を逸らさないで、今度こそ真っ直ぐ自分を映させて――

「ロバート様。わたし、あなたが好きです。大好きなんです」

彼の目が大きく開かれる。拒絶されるかもしれない。怖い。

でも、それよりも伝えたくてたまらない気持ちの方が強く、心の奥底から溢《あふ》れてくる。

「だから、ずっとそばにいたいの。子どもが生まれても、あなたの妻でいたい。どこにも行きたくないんです。あなたのことが――」

その時ガクッと互いの身体が揺れた。見れば梯子《はしご》が傾き、地面へ落ちていくではないか。

「ひっ……」

シンシアの頭をロバートが自分の胸に押し付け、ぎゅっと抱きしめた。悲鳴のような声が、部屋の中から聞こえる。ガサガサと草木に身体が沈み込む音と、ガシャンと派手に梯子《はしご》が倒れる音——これは落ちる瞬間、ロバートが下敷きにならないよう梯子《はしご》を蹴り飛ばした音で、ずいぶんと遠くに聞こえた。

何より彼女の耳には、ロバートの心臓の鼓動が大きく響いていた。

「——シンシア。無事か」

「はい。なんとか……」

腕の拘束が緩《ゆる》むとシンシアは起き上がり、ロバートの頬へ手を添えた。

「ロバート様は」

「生垣がクッションになったおかげで無事みたいだ。ただ……いっ」

彼が呻《うめ》き声を上げたので、シンシアは青ざめた。

「どこか怪我を!?」

「たぶん猫に引っかかれたような傷が背中にできている。でも、それだけだから……大丈夫だ」

痛みに顔を顰《しか》めながらも、ロバートは起き上がり、シンシアを抱きしめた。

「すまない。遅くなって。怖かっただろう?」

気遣うような声で問われ、今さらながら恐怖が蘇《よみがえ》ってくる。子どもみたいに声を上げて、彼にしがみつきたい気分だった。

でも、シンシアはぶんぶん首を振った。今はそれより、伝えたいことがあったから。先ほどの続きをまだすべて伝えきれていないから。

「ロバート様。わたし、あなたのことが――」

だが、伝えたい言葉はロバートの口づけによって封じられた。

角度を変えて、何度も唇を重ね、離れようとすればますます深く、慈《いつく》しむように触れ合わせて。

ようやく離れたかと思えば、泣きそうな顔で、けれど幸せそうに微笑んで彼が告げた。

「シンシア。俺も、きみが好きだ。愛している」

ロバートの言葉に、シンシアはゆっくりと目を瞬《またた》いた。やがて言葉の意味がわかると、涙が零《こぼ》れ、頬を伝う。

「ほんとう？」

夢かもしれないと思って、声が震えてしまう。

そんな不安を否定するように、ロバートは優しいながらも力強い口調で答えた。

「ああ。本当だ。だからどこにも行かせない。俺はきみの夫で、きみは俺の妻だ。きみが嫌だと言っても、絶対に許さない。ずっと、俺のそばにいてもらう」

シンシアは目を潤《うる》ませながら、くしゃりと笑った。

「ロバート様、この前と言っていることが違う。すごく、自分勝手……」

「ああ、そうだ。俺は自分勝手で、最低な男だ。でも、きみがいなくなるのは嫌なんだ。だから……」

そばにいてくれ、と掠《かす》れた声で言われ、シンシアは素直にはいと頷いた。

（やっと、伝わった……）

いろんな感情が絡み合って、シンシアは目を瞑《つぶ》った。二人は言葉もなく互いにしがみついて、ひしと抱き合った。

「あんたたち！　何しているんだ！」

ずっとこうしていたかったけれど、中年の男性が声を荒らげて近づいてくる。

「庭師だ……ひったくるようにして梯子《はしご》を持ち出したから怒ってるな……」

正面からでは屋敷へ入れてくれなかったので裏から忍び込んだそうだ。窓からシンシアの姿が見えて、とにかく助けねばと、ちょうど木の剪定《せんてい》をしていた庭師から梯子《はしご》を拝借したらしい。

どうやって怒りを鎮めようかとロバートが困っていたので、シンシアも一緒に悩みたかったが、もう瞼《まぶた》が重くて仕方がなかった。

身体に異変をきたす飲み物を口にして、窓から飛び降りるなどという無謀な挑戦をして、ロバートに気持ちをぶつけて——心身共にすでに限界を迎えていたのだ。

（あ、エリアスもいる……）

目を閉じる寸前、庭師の近くにエリアスの姿が見えた気がした。どうして……と思ったが、きっと誰かから聞いて駆けつけてくれたのだろう。ロバートへの告白も聞いてしまっただろうか。次に会った時、揶揄《からか》われるのが恥ずかしい。

（でも、褒めてくれるかな……）

シンシアが自分で窓を壊して外へ出たこと。そして自分から愛する人に気持ちを伝えたなんて、今までの自分を知っているエリアスなら、考えられないことだっただろうから。

◇

身体が重く、火のように熱かった。

――水が欲しい。

そう思った瞬間、唇に何か柔らかい感触のものが押し付けられ、閉じられた口を開けてというように舐められた。逆らわず、命じられた通り従えば、唇を割って、冷たい水が流れ込んでくる。

液体と一緒に何か固形のものも口に入ってきたが、喉の渇きを癒《いや》す冷たさに彼女は気づかず、ごくりとそれを飲み込んだ。

(ああ、もっと欲しい……)

水がなくなってもシンシアはねだるように唇を押しつけ、与えてくれる主《ぬし》にしがみついた。相手はシンシアが水をもっと欲しがっていると思ったのか、離れていった後、もう一度柔らかいものを押しつけて少しずつ水を流し込んでくる。

こくこくと喉を鳴らしながら、シンシアは必死で飲み干す。上手く飲み込めず口から零《こぼ》れてしまったが、それも相手が拭《ぬぐ》ってくれる。

彼女はこの感じをどこかで味わったことがあった。舌だ。普段は食べ物を味わう舌で、相手はシンシアの下唇と顎《あご》の間にあるくぼみを舐めている。そうして彼女がもっとというように甘い息を漏らせば、同じように今度は自身の舌を絡ませた。

「んっ、ふぅっ、……はぁ……」

いつの間にか水がなくなっても、冷たさが熱へ変わっても、シンシアは自分の舌を相手のものと絡ませ、夢中で吸っていた。

相手も同じだ。荒い息が聞こえる。遠くで名前を呼んでいる。

目を開けたいのに瞼《まぶた》は重くて、この心地よさを与えてくれる相手の顔を知ることも叶わない。

よく考えればわかるはずなのに、頭の中はふわふわと靄《もや》がかかったように曖昧《あいまい》なのだ。眠くて、でも身体は火照《ほて》って疼《うず》いていた。

「もっと……」

抱きしめられていた身体が離された。また自分の名前を呼ばれた気がする。もうだめだとか、これ以上は、とかそういった言葉も続けて。

(いや……もっとほしい……)

でも、ただシンシアの頬や髪の毛を優しい手つきで撫でてくれるだけ。大きな掌《てのひら》はいつもは熱く感じるのに、今はシンシア自身が熱を持っているせいか冷たく感じた。

(きもちいい……)

そしてひどく、安心した。

自分が欲しかったもの。帰って来たかった場所に戻って来た気がした。

次に目を覚ました時、シンシアはカーティス侯爵邸の寝室に寝かされていた。服も着替えさせられており、前が釦《ボタン》で留められているゆったりとした夜着を身につけている。

まだ少しぼんやりした頭で室内を見渡すと、扉の近くでロバートが誰かと話していた。外の人物は誰かわからない。シンシアははっきりしない意識のまま寝台から下りると、ふらふらしながらロバートのもとへ向かう。

「――ああ、わかった。しばらく休ませておくから」

ぱたんと扉が閉まると同時に、シンシアはロバートの背中に抱きついた。

「シンシア？　起きたのか？」

振り向こうとした彼を止めるように、ぎゅっと背中にしがみつく。

「ロバートさま……どこにも行かないで……」

弱々しい口調で必死に頼む。

ロバートは驚いたようだったが、すぐにくるりと振り返り、いつかのようにシンシアを抱き上げると、寝台へと連れ戻した。優しく寝かせ、自身も一緒に横になる。

「どこにも行かない。ここにいるから」

髪を撫でられ、シンシアの不安を取り除くように手を握りしめられた。

「ロバートさま……」

もっと他に聞かなければならないことがあったが、彼の瞳に見つめられ、シンシアはすべて忘れてしまった。空いた手でロバートの頬へ手を伸ばす。

「シンシア。辛くないか？　抑える薬は飲ませたんだが……」

「くすり……」

「きみが飲まされたのは、性的興奮を無理矢理高めるもので……媚薬の類だ」

媚薬。キャロラインがシンシアとゴードンに飲ませ、ロバートとしてきたことをさせようとした。ゴードンは決して悪い人ではない。良い人だ。でも、彼とそういったことができるかといえば、絶対に無理だ。

（わたしは……）

シンシアは身体を浮かせ、ロバートの首に抱きついた。

「シンシア……」

「ロバートさま。わたし、あなた以外の人に抱かれたくありません……」

すぐに力強く抱きしめられる。

「当たり前だ。きみを抱くのは俺だけだ」

少し抱擁を緩《ゆる》めると、ロバートはシンシアの目をじっと見つめ、唇を重ねてきた。シンシアは拒まず、雛鳥が餌をねだるように口を開き、舌を何度も吸い合っては絡ませた。そのうち身体が熱くなってきて、シンシアは悶《もだ》えるように内股を擦《す》り寄せると、潤《うる》んだ目でロバートを見つめる。

「ロバートさま、触ってください……」

いつもはこちらが催促せずとも触ってくるのに、今日の彼はどこか渋っていた。

「シンシア……きみは今、薬の影響で、そういう気分になっている……だから、その……んっ」

嫌だと拒否する言葉を聞きたくなくて、シンシアはロバートの頬を両手で挟み、唇を押し当てた。

啄《ついば》むように瞼《まぶた》の上や目尻、鼻先、頬へと口づけを落としていく。

「シンシア、もう……」

「だめ、じっとしていて……」

もっと、というようにキスを続けているうちに、ロバートを寝台へと押し倒していた。そのまま、シンシアは彼の身体へ跨《また》がる。

「シ、シンシア……」

普段のシンシアなら絶対にしない振る舞いに驚いたのか、ロバートの声が上擦《うわず》る。

「ま、待て。今のきみは正気じゃ」

「いいの」

シンシアもどこかで、これが薬の影響だとわかっている。他の人なら、こんな振る舞いはできないと一人で耐えた。でも、ロバートなら――

「ロバートさま、わたし、身体が熱くて、辛いの。他の人は嫌だけど、ロバートさまなら、いいから……だから、んっ……」

衣服を着たまま、ロバートの下半身に自分の秘所を擦《こす》りつける。布越しだけれど、とても気持ち良くて涙が出そうだった。

「ロバートさま、きもちいい……」

「シンシア……」

いつにない妻の積極的な姿に、ロバートの身体も反応し、硬くなった昂《たかぶ》りが布地を押し上げている。シンシアが窮屈そうなそれを手で撫でると、彼はびくりと腰を震わせた。その反応が面白くて、少しだけ意地悪な気持ちになって、さわさわとそのまま触り続ける。

「う、シンシア、やめてくれ……」

頬をうっすらと上気させ、はぁ、はぁと荒い息を吐きながらロバートはシンシアの手を止めようとする。でもやんわりと手を重ねるくらいで、本気で彼が嫌がっているわけではないとシンシアは見抜いた。

「ロバートさまも、わたしがいやって言っても、触り続けましたわ」

「それは……きみが、気持ち良さそうだったから……」

「わたしも、あなたに気持ち良くなってほしいんです」

前を寛《くつろ》げさせると、張りつめた彼のものが勢いよく飛び出す。シンシアはちょっと驚きながらも、大きく膨らんだそれに手を添えた。

「シンシア、待ってくれ、っく……」

シンシアの手淫は、端的に言えば下手であった。ロバートがシンシアを気持ち良くさせることはあっても、自分のものを彼女に癒《いや》してもらうことはなかったから。

だからシンシアは何も知らず、触り方も拙《つたな》かった。普通であるならば、快感を得るにはほど遠い。しかしあの控えめなシンシアが自分からロバートの性器に触れたことで、彼は今までにないほど興奮しているようだった。

「だっ、だめだっ、シンシア、出るっ、手を離してくれっ……！」

「大丈夫です。ロバートさま、いって、出して」

ロバートが呻《うめ》き声を上げると共に、シンシアの掌《てのひら》に熱い液体がかかった。左腕を目元に押し当て、胸を上下させながら、ロバートは荒い呼吸を繰り返している。

（まだ、びくびくしている……）

ロバートの大きくて硬いものに触れていたせいか、シンシアの下腹部も熱く疼《うず》いて仕方がない。でも、彼をもっと気持ち良くさせたくて、これを両立させることは可能だろうかと考える。

「ロバートさま……もっと、あなたのこと気持ち良くさせたいんです……どうすればいいですか。教えてください……」

「きみは……」

腕をどけてこちらを見る彼はどこか恨めしそうな目をしていた。けれどシンシアがどこまでも純粋な気持ちから言っていると察したのだろう、グッと歯を食いしばり、深く息を吸って吐いた。

「跨《また》がって、俺のこれを入れて……前も、馬車の中でやったことがあるだろう？」

シンシアは自分で夜着の裾を捲《めく》り、下着を下ろすと、蜜口に彼の先端を触れさせた。まだ入れることはせず、擦《こす》りつけるように動かしていると、すでにぐずぐずに溶けていた花床から蜜が溢《あふ》れ出し、ロバートのものも硬く反り返り始めた。

（はぁっ、ぁっ……こうしているだけでも、すごく、きもちいい……）

ロバートの出した精液と自分の愛液が淫《みだ》らに絡み合う音を聞くだけで、おかしくなりそうだ。

「はぁ、シンシア、そろそろ、入れてくれ……」

焦《じ》らされていると感じたのか、ロバートが懇願するように言った。その声に、シンシアもまた繋《つな》がりたいと腰を上げる。亀頭の部分をぴたりと入り口につけ、ゆっくりと体重をかけて中へ導《みちび》いていく。蜜でいっぱいの肉襞を掻き分け、剛直がシンシアの奥へと入ってくる。

「ふっ、んっ、ぁっ、あぁ……はぁ、入り、ました……」

これからどうすればいいのか、シンシアは縋《すが》るようにロバートを見つめた。

「きみの好きなように、気持ち良くなるように、動いて……」

シンシアは今でも十分、気持ちが良かった。でもロバートは自分が動くことで快感を得るのだと思って、ゆっくりと腰を動かし始める。前と後ろを行き来させて、かき混ぜるように。腰を持ち上げて彼のものが浅いところと深いところを擦《こす》るように。

「あ、うっ、だめ、これ、わたしが……きもちいっ……」

ふうふうと甘い息を漏らして、ロバートを絶頂へ導《みちび》かせるうちに、自分の方が気持ち良くなっているシンシアの姿を、ロバートもまたぎらぎらとした目で食い入るように見つめてくる。

彼はおもむろに手を伸ばし、シンシアの膨らんだ胸元へ手を伸ばす。服の上から鷲掴《わしづか》みにされるように形を変えられ、シンシアはもどかしげな声で啼《な》いた。

「あ、ぁっ……ロバートさま、もっときちんと、さわって……っ」

「触ってほしいの？」

こくこくと頷けば、ロバートは微笑んだ。

「じゃあ、自分で脱いで」

シンシアは言われた通り、前開きの釦《ボタン》をゆっくりと外していく。途中、ロバートが急《せ》かすように腰を突き動かすので、その度に彼女は中のものを締め付け、震える声で待ってとお願いしなければならなかった。

ようやく釦《ボタン》を外し終えると、前身頃が左右に開き、白い肌と膨らみが見え隠れした。ロバートはもっと露《あら》わにしようと大きな掌《てのひら》で乳房を掴《つか》み、下から掬《すく》い上げるように優しく、時に力強く、押し回していく。

「んっ、あっ……ロバートさま、ふぅっ、んっ……きもちいい、もっといっぱい、さわって？」

シンシアの声に彼は息を荒らげ、パン生地を捏《こ》ねるように強く揉んだ。夜着はますますはだけて白い二の腕を滑り落ち、一糸纏《まと》わぬ姿をロバートの目の前に晒《さら》す。

「はぁ、綺麗だ、シンシア……淫《みだ》らで、俺をおかしくさせる……」

ゆっくりと突き上げられる腰の動きに釣られて、シンシアも自然と尻を持ち上げた。ここが好きだというところに当たるよう腰を振って、ぬちゃぬちゃと粘着質な音を鳴らし、愛液を溢《あふ》れさせる。

彼女の身体を支えていた両手はいつの間にかロバートの指と絡んでいて、シンシアは縋《すが》るようにぎゅっとその手を握り返した。

「はぁっ、ロバートさま、わたし、わたし、もうっ」

「ああ、いっていいよ」

優しい声にびくんと背中を弓なりに反らせ、シンシアは達した。頭の中が真っ白になり、恍惚《こうこつ》とした表情で、はぁはぁと乱れた呼吸を整える。

「シンシア……」

「ロバートさま……」

彼のものはまだ硬いままで、シンシアの動きを待っている。でも彼女は疲れてしまい、そのままロバートの胸板へ上半身を押し付けた。柔らかな胸が押しつぶされ、硬く尖った蕾《つぼみ》がシャツで擦《こす》られる。彼女はぼんやりした頭で、ロバートと直に触れ合いたいと思い、緩慢《かんまん》な手つきで彼の釦《ボタン》を外していく。

「はぁっ、シンシア……」

鍛え上げられた素肌にシンシアは指を這わせ、これまで彼がしてくれたように唇を押しつけ、舌で舐めたり吸ったりした。

ロバートは何も言わなかった。ただじっと、シンシアにされるがまま、徐々に呼吸を乱していく。そして微《かす》かな声を漏らす時以外は、シンシアの髪を撫でて、指の腹で頬をくすぐっていた。

脇腹、胸元、首筋まで口づけが終わると、シンシアはロバートの顔をじっと見つめた。頬へ手を添えて、吸い寄せられるように顔を近づければ、下唇を優しく食《は》まれ、舌先が咥内へと入ってくる。

「んっ、ふぅ」

二人は夢中で舌を絡め、互いの唾液を呑み込んだ。シンシアが少し苦しくなって顔を離そうとしても、ロバートはそれを許さず、後頭部に手を添えてより深く貪《むさぼ》る。それは上の口だけでなく、下もまた同じだった。

シンシアの尻を撫で回していた左手に突然ぐっと力が入り、中のものをかき混ぜるように掴《つか》んで動かした。花芽が下生えに当たる度、おかしくなるほどの快感が突き抜ける。

「あっ、んっ、ふぅ、う、あ……っ」

「声、我慢しないで、もっと聞かせてくれ……」

聞かせてほしいと言いながら、ロバートはシンシアの口を塞《ふさ》いでしまう。最初はシンシアの方が上に乗って主導権があったはずなのに、いつの間にかロバートに支配されて、服従している。ぐちゅ、ずちゅっと淫靡《いんび》な水音が響くほど激しく揺さぶられ、シンシアはまた追いつめられていく。

「はぁっ、わたし、また、いっちゃ、あっ、あっ、んんっ――」

ぎゅうっと男根を締め付け、淫水がどっと溢《あふ》れ出したのを感じた。ロバートの身体にしがみついて、シンシアは浅い息を零《こぼ》す。

「ごめんなさい、ロバートさま。わたし、一人でいってしまって、ひゃっ」

突然ロバートがシンシアを抱えて起き上がり、繋《つな》がったまま向き合う姿勢を取る。二人とも汗だくで、ロバートは汗ではりついたシンシアの額《ひたい》の髪の毛を払い、じっと顔を見つめた。

「シンシア……好きだ。愛している」

大きな腕の中に閉じ込められながら、耳元で囁《ささや》かれた言葉に、シンシアは泣きそうになった。同じ気持ちだと伝えたくて、彼にぎゅっとしがみつく。

「わたしも、ロバートさまが好きです。愛しています」

「本当?」

「はい。本当です」

嬉しい、と彼は囁《ささや》いて額《ひたい》を合わせた。シンシアが今まで見た中で一番幸せそうな顔をしていた。見惚れていると、彼は先ほどシンシアがやったように顔中にキスを降らせていく。くすぐったくて笑った唇が塞《ふさ》がれると、もうロバートのことしか考えられなくなる。

「はぁ、見て、シンシア。俺のものがきみの中に深く入って、また戻って……繋《つな》がってる」

俯《うつむ》いた先、赤黒い男根がゆっくりとシンシアの蜜口から出入りしている。それはシンシアの愛液がたっぷりとついて、ぬらぬらと濡れていた。

「こんなに小さくて狭いのに、俺のものを、めいっぱい咥《くわ》えて……」

「あっ、ロバートさま、そんなこと、おっしゃらないで……」

「どうして。いやらしくて、最高に可愛い……俺の妻だ。俺だけの……」

言いながら、ロバートはシンシアの尻を掴《つか》んで、いっそ乱暴とも言える激しい動きで前後に揺さぶり、腰を突き上げ始めた。

「んっ、あんっ、あぁっ、ロバートさまぁっ……」

「かわいい、シンシア、もっと、きみがっ……！」

押し倒され、今度は上になったロバートがガツガツと奥を突いてくる。可愛いとか、好きだとか、そういう言葉をたくさん言いながら、シンシアをおかしくさせた。

きっとロバートも、シンシアに口づけしている間に媚薬の影響を受けたのだ。

「嘘じゃない。ずっと、想ってた。ずっと、言いたかった。きみが好きで、おかしくなりそうだって……！」

「うっ、はぁっ、あぁっ、もうっ、あんっ、あっ、ぁあっ――」

シンシアが声も出せずに絶頂を迎えて痙攣《けいれん》するように身体を震わせても、ロバートはシンシアをきつく拘束して、一滴も溢させまいと奥へ精を注ぎ続けた。

「はぁ、はぁ……ロバートさま……熱い……」

「うん。俺も、すごく……」

二人は汗だくで、シンシアは水の中で彼と漂《ただよ》っている心地がした。目が合えば自然と口づけを交わし、まるで酸素を求めるように激しく吸い合う。苦しいのに、身体も心も、ロバートを貪欲に求めている。

「ロバートさま……わたし、まだくるしい……もっと、ほしい……」

「シンシア……」

ロバートは、クッションの利いた枕がいくつも並んだヘッドボードに、シンシアを寄りかからせるようにして座らせた。そうして脚を大きく開かせると、秘所に男根を擦《こす》りつけてくる。てっきり挿入してくると思ったが、ロバートは焦《じ》らすように硬く張りつめた怒張をただ行き来させるだけだ。

「んっ、やぁっ……、どうしてっ……」

「はぁ……中で何度もいくと、きみも、辛いだろう？」

どうやら意地悪ではなく、媚薬でいつもより興奮しているシンシアの身体を心配してのことらしい。だがロバートのそんな配慮は、かえってシンシアの身体には辛かった。

「ふぅ、ぁっ、ロバートさまぁ、いっちゃう、いやぁっ……」

「はぁ、いいよ……何度でも、いってくれ。俺が、きみを導《みちび》くから」

達することを拒んでいると勘違いしたロバートが安心するよう告げたが、そうではない。

花びらの奥へと熱杭を埋《うず》めず、ただ花芯を滑って悪戯《いたずら》に淫芽を突く行為に、シンシアは耐え難《がた》いもどかしさを覚えていたのだ。

(あぁっ、また、戻って……いや、通り過ぎないで……、わたしの中に、入ってきて……っ)

どろどろに溶けた蜜口からは、シンシアの愛液とロバートが出した精液が溢《あふ》れ、そこに大きくて硬い肉棒が擦《こす》りつけられることによって、さらに淫猥《いんわい》な光景を作り出していた。こんなにいやらしいのに、自分は待てを強《し》いられている。

「はぁ……あっ、あん……んっ、ふぅ、……っく、だめ……っ」

とうとうシンシアは、今にも弾けそうなロバートの男根をぎゅっと柔らかな太股で挟んだ。動きを封じられたロバートは、辛そうな顔をして、どうしたと尋ねる。

「ロバートさま……中に、いれて……」

「……もしかして、物足りなくなったのか?」

シンシアはこくりと小さく頷いた。

「わたしの中で、ロバートさまをいっぱい感じたいの」

いつもなら否定するシンシアが素直に――目をとろんとさせ、熱に浮かされた淫《みだ》らな表情で肯定したので、ロバートは驚いたのだろう、ごくりと唾を呑み込んだ。シンシアはさらに脚を開いて、自《みずか》ら彼の先端をぬぷりと蜜口に埋《うず》める。催促するように腰を揺らせば、中のものがさらに大きくなった。

「ロバートさま、いらして……」

「シンシア、きみは本当に……かわいすぎるだろ……っ」

「あぁっ――」

興奮に任せたままロバートは腰を動かし、シンシアと共にあっという間に高みに昇った。

さすがに少し疲れてシンシアが横になっていると、ロバートが後ろから抱きしめてくる。

ぴったりと太股を閉じた状態で、一度引き抜いた陰茎をまたシンシアの中へ挿入《いれ》てきた。先ほどのような激しい抱き方ではなく、ただゆらゆらと身体を揺らすようにして繋《つな》がり合う抱き方に、シンシアの心が深く満たされる。

「ん……」

うなじや背中に口づけを落とし、大きな手がシンシアの胸や腰を撫でる。ロバートに触れられ、背中に感じる彼の温もりに安心するものの、ふと寂しさを覚え、シンシアは彼の方を振り向いた。

「ロバートさま、キスして……」

シンシアのお願いにロバートは目を細め、ちゅっと啄《ついば》むような口づけをくれた。もっと、とシンシアが舌を伸ばして唇を舐めると、舌や唇を食《は》んでくる。

「ん、ん……」

シンシアが必死に応《こた》えようと首を振り向かせているのが健気《けなげ》で愛おしく思ったのか、ロバートは胸を揉みしだき、蕾《つぼみ》もきゅっと摘《つま》む。そうすると蠢動《しゅんどう》するように媚肉が雄茎を締め付けた。快感の呻《うめ》き声を漏らしながら彼の手はさらに下へと伸びていき、お返しだというようにふっくらと膨らんだ淫芽をくにくにと可愛がる。

「ふぅ、ぁっ……、そこ、いっしょに……」

「一緒に触ったら、だめ？」

ううん、とシンシアは首を振った。

「一緒に触られると、すごく、気持ちいいの……」

「ほんとう？」

本当だと彼の手の甲に掌《てのひら》を重ねる。以前教えてもらったように指を動かして、甘い息を漏らしながら「もっと触って……」と口にする。

「いいよ……。いっぱい触ってあげる」

ロバートは吐息交じりの甘い声で答えると、シンシアの望み通り秘玉を指の腹で何度も優しく押しつぶし、小刻みに振動を与えてくる。一回では何ともない小さな震えは、続けられることで大きな快感へと塗り替えられていく。

「はぁ……また……んっ、また、きちゃう……っ」

心は離れたくないのに身体が悦楽から逃れようと、シンシアは背を弓なりにしてロバートから遠ざかろうとする。だけど彼はそれを許さないというように引き戻し、容赦のない刺激を与え続けて、シンシアをゆっくりと確実に快感へと導《みちび》いていく。

「ん、ん、んっ――」

激しく抱かれて得た絶頂とは違い、じわじわと追いつめられた末にシンシアは達した。

「シンシア……っ」

シンシアに続いてロバートもまた高みに昇った。子宮の奥まで熱い飛沫《しぶき》がどくどくと注がれていくのがわかる。お腹に彼の掌《てのひら》が当てられ、シンシアは陶酔《とうすい》した心地になる。

「シンシア、一滴残らず、呑み込んで……」

「ん……はい……ロバートさま」

「なに？」

「わたし、ロバートさまとの子どもが欲しい……」

「シンシア……」

ロバートが顔を覗《のぞ》き込んできたので、シンシアは仰向けになって微笑んだ。

「ロバートさまが好きだから……」

「っ……」

シンシアの告白に、ロバートはどこか泣きそうな表情をして額《ひたい》を合わせてきた。

「俺も、跡継ぎを残すためとかじゃなくて、きみが好きだから、きみとの子が欲しい……」

ロバートも自分と同じ気持ちだとわかり、シンシアはまた花が綻《ほころ》ぶように微笑んだ。それは幸せに満ちた表情で、ロバートは愛おしくてたまらないというようにシンシアの顔や胸などあらゆるところに口づけしてくる。

シンシアはくすぐったくて、くすくす笑いながら身体をくねらせた。そのうちまた官能の火が灯《とも》り、彼女はロバートの逞《たくま》しい背中に腕を回して、彼の耳元で「いれて……」と囁《ささや》く。

もうロバートは遠慮しない。シンシアが自分を欲しているからだ。何度も彼女が望むまま、彼はシンシアを抱いた。それはシンシアの体力が先に尽きそうになっても続けた。

「ロバートさま……もっと、ほしいんです……でも、もう……んぅっ」

「大丈夫……何度でも、与えてやる……俺のものを、きみに……きみが、嫌だって言っても……！」

嫌じゃない。シンシアだって、ロバートが欲しい。

そう伝えたくて、ロバートの腰に脚を絡め、自《みずか》ら彼のものをねだるように尻を持ち上げて、肌と肌をぶつけた。稚拙な動きであったが、ロバートは十分煽《あお》られ、シンシアの中に何度も精を注いだ。

互いに好きだと何度も気持ちを伝え合って、二人は一つに溶けていくように繋《つな》がり合いながら夜を明かした。


次の日。シンシアは珍しくロバートより早く目が覚めて、じっと彼の寝顔を見ていた。

(前髪が下りて、いつもより幼く見える……)

飽きることなく見つめ続けていると、ロバートがゆっくりと目を開けた。シンシアにじっと見られていたことに気づき、少し困ったように口元に笑みを浮かべた。

「おはよう、シンシア」

「はい。おはようございます」

なんとなく、気恥ずかしい。

「その、もう体調は大丈夫か」

媚薬の効果は抜けたか、と続けて聞かれ、昨夜の自分の痴態を思い出したシンシアは、頬が熱くなるのを感じながら頷いた。

「はい。もう、大丈夫です」

「そうか。なら、よかった」

また沈黙が落ちる。

「シンシア」

「はい」

「きみが好きだ」

突然の告白に、シンシアは驚く。でもすぐに微笑んだ。

「ええ。昨日、たくさん聞きましたわ」

「ああ。でも、きみは媚薬を飲まされていたから……身体が昂《たかぶ》って、それに流されたんじゃないかと思って……」

シンシアはちょっとムッとした。

「流されてなんかいません。あれは全部、わたしの正直な気持ちです」

確かにいつもより少し、大胆な振る舞いをしてしまったかもしれないけれど……全部、シンシアがロバートにあげたいと思った気持ちだ。

それを疑うなんて酷い、と拗《す》ねたように言えば、彼に腰を引き寄せられる。

「すまない。きみが俺のことを好きだと言ってくれたのが嬉しくて、夢を見ていたんじゃないかって……」

いつも自信に溢《あふ》れているのに、ロバートの瞳は不安で揺れていた。

「夢じゃ、ありません」

彼の両頬を優しく挟んで、シンシアはちゅっと口づけした。

「ロバート様のことが好きです。愛しています」

「シンシア……」

「ロバート様も、言って？」

彼は微笑んで、シンシアの耳元で彼女が望んだ言葉を何度も囁《ささや》くのだった。

◇

あの事件から数日後のこと。

「この度は妻が大変ご迷惑をおかけいたしまして、申し訳ありませんでした」

そう言って、ゴードンは深く頭を下げた。

ゴードンに面会を求められ、それを受けた。ロバートに嫌なら断ってもいいと言われたが、シンシアは大丈夫だからと会うことを決めたのだ。

キャロラインは同席していない。事前に直接謝罪させることを提案されたが、謝られてもキャロラインがしようとしたことは許せなかったし、しばらくの間は彼女に会いたくないという気持ちがあったので、シンシアは断った。

「しばらくは社交界にも出さず、自宅で謹慎させます。もし万が一、また奥様を傷つけるような真似をしたら、王都から離れた土地で暮らさせます」

今後は自分の妻だからといって甘やかさず厳しく接すると、ゴードンは背中を小さく丸めながら宣言した。ロバートは黙って彼の謝罪を聞き終わると、静かに口を開いた。

「あの怪しげな屋敷については、貴族の風紀を著《いちじる》しく乱す場として、警察に通報しました。取り調べでいろいろ聞かれるかもしれませんから、覚悟するよう奥方に伝えておいてください」

「……わかりました」

それでロバートは話を終わらせようとした。妻を危険な目に遭わせた話をこれ以上続けたくなかったのだろう。

「あの、ゴードン様と少し二人で話をさせてもらえませんか」

だからシンシアの申し出に、ロバートはぎょっとしたように目を丸くした。

そして自分も残ると食い下がったが、微笑んだシンシアが折れないとわかると、最終的には扉の外で待つということで許してくれた。

「シンシアさん。こうして私と話していても大丈夫ですか」

ゴードンも媚薬を――しかも自分の妻に飲まされた被害者なのだが、シンシアを怖がらせてしまったことを、とても申し訳なく思っているようだった。

「ええ、大丈夫です」

むしろ彼女はそのことについて、話したかったのだ。

「わたし、あの時、近づいてきたゴードン様のことを誤解してしまって……ゴードン様は最初から、自分の衝動を抑えるためにナイフを取ろうとしたんですよね」

それをシンシアは自分を襲おうとしたと勘違いしてしまった。

「いいえ、あの状況では無理もありません。私も自分のことで精いっぱいでしたし、どちらにせよ、あなたに怖い思いをさせてしまいました」

本当に申し訳なかった、ともう一度頭を下げられ、正直複雑な心境に陥《おちい》る。

本当に謝るべきはキャロラインだったからだ。

「彼女、どうしています？」

「……今までの態度からだと信じてもらえないかもしれませんが、今回のことで、深く反省しているようです。あなたにもこれを渡してくれと頼まれました」

そう言ってゴードンは白い封筒を取り出した。

「こちらへの訪問は叶いませんでしたので、せめて手紙だけでも、と」

読むかどうか恐る恐る尋ねられ、シンシアは見せてくださいと受け取った。

そこには型通りではあるが、綺麗な文字でシンシアへの謝罪が綴《つづ》られていた。

『ロバートと結婚して幸せそうだったこと。そして……私の夫と朗《ほが》らかに話している姿を見て、許せないという気持ちになってしまいました』

今となっては浅はかで、取り返しのつかないことをしてしまったと後悔の気持ちが述べられている。

「これは私の勘ですが……もう、あなた方に突っかかる真似はしないと思います」

シンシアは不思議と、ゴードンの言葉を信じる気になれた。

「キャロライン様は、わたしとロバート様を別れさせたくてあんなことをしたとおっしゃいましたが……わたしには、夫であるあなたの愛情を確かめたくて、試したように見えましたわ」

媚薬を飲まされたゴードンがシンシアの方へ向かってきた時に見せた表情はきっとそうだ。無意識のうちに、キャロラインはゴードンを愛していた。

「彼女は私が結婚を申し出たことを、どうも資金目当てだと思っていたようです……もっと言うなら、スペンス家の実状について、正確に把握していなかった」

資金を援助する、というのは本当であったが、それはかつての権勢を失いつつあったスペンス家の一か八かの賭けであり、ゴードンの事業が成功して逆に恩恵に与《あずか》ろうというのが本当の狙いだったと言える。

しかしキャロラインは、スペンス家は昔と変わらず裕福で、何も憂《うれ》うることはないと思っていたらしい。

今まで一度も会ったことのなかったゴードンが熱心に求婚してきたのも、愛ではなく、地位やお金が目的だと頑《かたく》なに思ったのもそのせいだった。

「彼女の父親が、娘には心配させまいとしてわざとそう伝えたのか、それとも自分より格下の相手に頼らざるを得ない現実に耐え切れず、見栄を張ろうとしたのか……真意はわかりませんが、キャロラインが私に胡散臭《うさんくさ》さを感じていたのは、そういった理由があったようです」

自分より賢くて大人だと思っていたキャロラインも、周りに流される弱い部分があった。

「でも……もう、それは間違いだと、わかったはずです」

シンシアの言葉に、ゴードンは眉を八の字にし、戸惑うような、でも嬉しそうな表情で、自身の左手を見下ろした。

「初めて、キャロラインに謝られました。今までそんなことをしたことがないと思うほど下手なごめんなさいでしたが……ようやく、気持ちが通じた気がしました。この包帯も、毎日彼女が取り替えてくれるんです」

彼女のことを想うように、巻かれた包帯を愛おしげにゴードンは撫でた。

「シンシアさん。こんなことを言うのはおかしいかもしれませんが、あなたがガラス窓を斧で叩き壊した時、窓から颯爽《さっそう》と飛び降りた時——目の前が開《ひら》けた気がしたんです。勇気をもらえた、とでも言いましょうか」

ありがとう、とゴードンはお礼を言ったが、それはシンシアも同じだった。

「わたしもですわ、ゴードン様。あなたがキャロライン様でないと意味はないと、自身の身体を傷つけてまで証明したからこそ、外へ逃げる勇気が湧いたんです」

ゴードンはシンシアの告白に驚き、やがて神妙な顔でこう言った。

「シンシアさん。私たちは互いに影響し合ったということですね」

「ええ」

シンシアは深く頷いた。

「わたしたち、ようやく相手へ気持ちを届けることができたんですわ」

弱くて、どちらかというと周囲から蔑《ないがし》ろにされてきた二人は、ようやく自分の意思を貫《つらぬ》き通すことができたのだ。

◇

「本当に行ってしまうの？」

駅のホームでシンシアはエリアスに問いかけた。休日の、まだ早朝のホームは静かで、がらんとしている。

「ようやくこっちに帰って来られたのに……」

「あはは。ごめんなさい。でも、もう一度向こうできちんと勉強し直したいと思いまして」

それにしては、急すぎる。

不安を隠しきれない姉の様子に、エリアスは朗《ほが》らかに告げた。

「大丈夫ですよ。勤め先も父上が紹介してくれましたし、周りには知り合いもいますから」

「お父様は……何も言わなかった？」

「ええ……おまえの気が済むまで好きにやればいいとおっしゃってくれました」

どこか寂しそうに見えるのは、父に見限られたと思ったからだろうか。

せめて自分だけは……

「エリアス。また、いつでも帰ってらっしゃい。どこにいても、あなたはわたしの弟で、大切な家族だから」

エリアスは少し目を丸くした後、切なげな表情を浮かべた。そうしてシンシアの腕を引き、自身の腕の中に閉じ込める。

「シンシア。僕と一緒に、来て……」

縋《すが》るような声は、いつかのシンシアが望んでいた言葉だった。エリアスに置いていかれるのが寂しくて、苦しくて、彼がそう言ってくれることを心のどこかで期待していた。

（でも、もう……）

そっと肩を押し戻して、シンシアはエリアスを見上げた。

「ごめんなさい。一緒には行けないわ」

シンシアの帰る場所は、もう決まっているから。

「わたしはロバート様の妻だもの」

自分自身で選んだ道だから。

「……そっか。そうだよね」

エリアスはパッと手を放すと、いつもの屈託ない笑みを浮かべた。

「じゃあ、もうこれはいらないね」

彼の指には紐に通された鍵がぶら下がっていた。辛い時、逃げてもいいと与えてくれた部屋の鍵。

「いつの間に……」

エリアスへ返さなくてはと思って上着のポケットに入れておいたのに。

「もう、姉さん。ダメですよ。大切なものはもっと大事にしまっておかないと。さっきみたいにハグされて、あっという間に奪われちゃいますよ」

「まったく気づかなかったわ……」

「そういうところは相変わらずだね。あーあ。ロバート様のこれからの苦労が窺《うかが》えるなぁ」

大変だ、と言われて、シンシアは少しだけムッとする。

「これから、努力するわ」

「おお、すごい。姉さんが積極的だ」

「エリアス」

ごめんごめん、とエリアスは笑い、ふと寂しげな笑みを見せる。

「本当に、変わったんだね、姉さん」

「人は、変わるものでしょう？」

「うん。でも、僕は姉さんに変わってほしくなかったなぁ」

「え？」

その時、出発を告げる汽笛が鳴る。シンシアはエリアスの言葉の意味を聞くことはできなかった。

列車に乗り込み、扉の近くで彼は姉をひたと見つめた。その表情は、過去、ずっとそばにいてくれと約束した時のことを思い出させ、シンシアはわけもなく焦燥《しょうそう》に駆られた。走り出した列車を追いかけていき、今までよりずっと大きな声で弟へ叫んでいた。

「エリアス！　身体には気をつけて！　無理しちゃだめよ！」

エリアスが微笑んで、小さく何かを呟《つぶや》いた。

シンシアは息を乱しながら立ち止まり、小さくなっていく列車を呆然と見つめる。

——さようなら、シンシア。

なぜかエリアスとは、もう二度と会えない気がする。

（エリアス……）

泣くまいと思っていたのに、シンシアの頬には涙が伝った。

最後に伝える言葉があれでよかったのか。彼はもっと他の言葉を自分に望んでいたのではないか。

そんな後悔に似た気持ちで胸が苦しくなりながら、彼女は声もなく泣き続けた。

◇

「エリアス！」

必死で別れの言葉を叫ぶシンシアを、エリアスは列車の窓から見ていた。

（結局、手に入らなかったな）

最後まで、自分は彼女の大事な弟だった。

（あの時、ロバートの誘いを振り切って帰っていたら、何か違ったかな）

キャロラインの嫉妬を上手く利用して、シンシアを自分だけのものにするつもりだった。

けれど予想よりずっと早くキャロラインが暴走して、ロバートの妨害があって、ゴードンまで抗《あらが》って……シンシアも殻を破ってしまった。

彼女があんな危険な真似をしてまで外へ出るとは夢にも思わなかった。そこまでして、ロバートへの想いを貫《つらぬ》き通したことも。

（ずるいなぁ、あの人は。全部持っているくせに、彼女の心まで奪ってしまうんだもん）

エリアスの実の父親——隣国の高貴な血を引いた男に無理矢理貞操を奪われ捨てられた母は、父親にそっくりの容貌を受け継いだ息子を愛することができなかった。大事な娘を傷つけられた祖父母も、昔から大事に仕えてきた使用人も、責任を取らなかった男の代わりに、その子を憎んだ。

おまえさえいなければ、おまえさえ生まれてこなければ、という呪いをかけながら。

ずっとこのまま生きていくのだろうと思っていたが、母がメイソン伯爵と再婚したことですべてが変わった。

伯爵の最愛の女性が産んだシンシアと出会えたことは、エリアスにとって奇蹟にも等しかった。

彼女だけは、自分を見てくれた。必要としてくれた。優しさを与えて、温もりをくれた。

彼女さえいれば、他には何もいらなかった。彼女以外は、どうでもよかった。

（こんな考えだったから、奪われたのか）

ロバートは言った。好きなら、もっと大事にしろと。彼女の幸せを願うのは当然だと。

自分と同じクズのくせに、そういうところは違った。根っこの部分には、愛されて育った環境と育ちの良さがあった。

だからシンシアも変わったのだ。自分で立ち上がって、ロバートに想いを伝えようとした。

きっともう、彼女は戻って来ない。自分が進む道と交わることは一生ない。

「……ばいばい、シンシア」

幸せになって、とはやはり願えなかった。

せめて痛みでもいいから、自分のことをいつまでも覚えていてほしかった。

◇

エリアスと別れた後、シンシアはしばらくどうしていいかわからず、ホームのベンチにぼんやりと座っていた。やがて涙を拭《ぬぐ》い、屋敷へ帰ろうと腰を上げると、ふと背の高い男性の後ろ姿が目に入った。

(あれは……)

「ちょっと、あなた。さっきからうろうろして、そこで何をしているんですか」

駅員に質問されて、あたふたしている男性に近寄ると、シンシアは腕を掴《つか》んでこちらを振り向かせた。

「やっぱり、ロバート様」

「シ、シンシア……！」

しまった、というような焦った様子でロバートは妻の名前を呼んだ。見つかってとても居心地の悪そうな顔をしている彼の出で立ちは、目深《まぶか》に帽子を被り、なぜか挙動不審であった。これでは確かに怪しまれる。

どうしてこんな格好をしているのだろうと疑問に思いつつ、シンシアは夫の腕に自分の手を添えて、駅員に微笑んだ。

「安心なさってください。彼はわたしの夫ですわ」

「おや。ご夫婦でしたか」

「ええ。わたしのことを心配して、ここまで迎えに来てくれたみたいです」

「……なるほど。それは失礼いたしました」

駅員はちらりとロバートの顔を見た後、シンシアに頭を下げて仕事へ戻って行った。

非常に気まずい雰囲気を醸《かも》し出しているロバートを見て、シンシアは少し困ったように口を開いた。

「ロバート様。やっぱり来ていらしてたんですね」

「いや、その……すまない。きみのことが心配で」

シンシアはエリアスの見送りに一人で来るつもりだった。ロバートも承諾した様子だったが……先日の一件があってから、やはり一人にすることはできなかったのだろう。彼はずいぶんと過保護になった。

「エリアスを見送るだけなんですから、大丈夫ですよ」

「……だからこそ、不安だったんだ」

「ええ？」

「きみが、エリアスと一緒に行ってしまうんじゃないかと思って……」

シンシアは目を瞬《またた》いた。

「もし、わたしがエリアスと列車に乗ったらどうするつもりだったんですか？」

「俺も一緒に乗って、連れ戻すつもりだった」

「まぁ……」

走り出した列車に颯爽《さっそう》と飛び乗り、勢いよく乗車客のいる扉を開け放つロバートの姿を想像して、シンシアはなぜか笑ってしまった。ロバートが眉根を寄せる。

「なぜ笑う」

「だって……なんだか似合っていらっしゃるから」

「似合ってるだって？」

「ええ。梯子《はしご》を登ってきた時みたいに、一生懸命わたしを取り戻そうとしている姿が」

ふふ、と笑うシンシアに、ロバートは何と言っていいかわからない様子だった。

「きみなぁ、あの時は本当に、生きた心地がしなかったんだぞ」

今も、というように彼はシンシアを抱きしめ、早鐘を打つ心臓の音を聞かせた。胸元にぴたりと頬を寄せて耳を澄ませていた彼女は不思議な気持ちになる。

（ロバート様はもっと、完璧な方だと思っていた……）

いつでも余裕で、焦った姿なんか見せたりしない。……でも振り返ってみると、案外そうでもなかったことに気づく。

「なぁ、シンシア。エリアスのもとへ……行きたかったか？」

否定してほしいという聞き方をするなんてずるい。

シンシアは身体を離し、視線を落としたまま答えた。

「エリアスは、ずっと、わたしのそばにいてくれた存在なんです。とても大切な弟で、家族です」

たった一人の家族、と思うくらい、シンシアにとってエリアスは特別な存在だった。一緒にいた時間が長い分、ロバートとの絆よりもずっと強いだろう。

「ロバート様のことは、まだわからないことが多いです。ようやく今少しずつ、わかってきて……でも、もしかするとまた裏切られるかもしれないって思うと、すごく怖い」

「……ああ」

そんなことはしない、とロバートは言わない。言葉でどれだけ紡いでも、行動で示さなければ何の意味もないとわかっているから。

「ねぇ、ロバート様。過去に過《あやま》ちを犯した人間は、どうやってそれを償《つぐな》っていけばいいと思いますか？」

「それは……」

ロバートは過去の自分の言動に罪悪感を覚え、シンシアに対して素直に気持ちを伝えていいか、ずっと悩んでいた。そしてシンシアの幸せに繋《つな》がると思って、わざと身を引こうとしていた。

でも、シンシアはそんなこと望んでいない。

だから——

「これから、わたしのことを知ってください。そしてあなたのことも、教えてください。……ずっとわたしだけを想って」

「シンシア……」

ロバートはぐっと顔を歪め、もう一度彼女を強く抱きしめた。

「ああ。きみだけを愛する」

それはもう叶っているのかもしれないけれど、シンシアは何も言わず、ロバートの背中に腕を回し、目を閉じた。

エピローグ

「それじゃあ、後のことは頼みましたよ」

秋の涼しさが、冬の冷たさに変わろうとしていた時期。

突然領地の別荘で暮らすことを決めたマーシア夫人が、旅立とうとしていた。

彼女は息子夫婦に相談することなく一人であれこれ準備していたようで、屋敷を出ると告げられた時はロバートもシンシアもたいそう驚いた。

「母さん。本当に行くんですか」

「ええ。お邪魔虫はさっさと出て行った方がいいでしょうからね」

「またそんなこと言って……」

当て擦《こす》りのように言った母の言葉にロバートは顔を顰《しか》めるが、一人旅立つ母への心配は隠しきれない。

「まさか、父上のもとへ行こうなんて馬鹿なことは考えていませんよね？」

「あなたねぇ……確かに早く迎えに来てほしいとは思っていますけれど、私をあんな寂しい目に遭わせたんですもの。来いと言われてもまだ当分知らない振りをするわ」

「矛盾していません？　その考え」

「いいえ。きちんと両立しているわ。大自然を謳歌《おうか》して、友人を茶会へ呼んで楽しんで……一人を満喫する私をあの世から見て、うんと寂しがればいいんだわ」

ふんとそっぽを向く母を見て、ロバートは意味がわからないと言わんばかりの顔をする。

しかし、まだまだ人生を楽しむつもりらしいと知ってほっとした様子でもあった。

「お義母様《かあさま》」

「なぁに、シンシアさん」

「そちらへ時々遊びに行ってもよろしいでしょうか」

シンシアの言葉に、マーシア夫人だけでなくロバートまで目を丸くした。

「え、ええ。もちろんよ。美味《おい》しいお茶を用意して待っているわ」

「はい」

楽しみにしていますと微笑めば、夫人は目を細め、華奢《きゃしゃ》な身体でシンシアをそっと抱き寄せた。

そうして初めて聞くだろうと思われる、優しくも不安の滲《にじ》んだ声でそっと囁《ささや》いた。

「ロバートのこと、頼みますね。馬鹿で頼りないけれど……あなたのこと、今度こそ大切にするでしょうから」

気に入らないところはどんどん躾《しつ》けなさいと耳元で言われ、シンシアはちょっと笑って、素直に頷いた。

「あなたはアーシャと違って長生きしてね……」

シンシアの頬を優しく挟んで見上げる瞳は心なしか潤《うる》んでいるように見えたが、確かめるより早く夫人はパッと手を放し、トランクの持ち手を握った。

「それじゃあ、お別れも済みましたから、出発しますね」

見送りはここまででいいときっぱり断り、マーシア夫人は堂々とした足取りで馬車に乗り込むと、こちらを一切見ず、新天地へと旅立っていった。

ロバートとシンシアはしばらく名残惜《なごり》しげにその姿を見つめる。

「お義母様《かあさま》ってお強い人ね」

「そうだな。強すぎて時々こちらが圧倒されるが……」

「でも、その強さがあったから、今までお義父様のことだけを愛してこられたんだわ」

思いもしなかったというようにロバートはシンシアを見た。

「人は弱い生き物ですもの。大切な人が亡くなったらなおのこと……」

それでも夫人は今でも変わらず、亡き夫のことを想い続けている。

「そうだな……シンシア」

「はい」

「ありがとう」

大切なことに気づかせてくれて、だろうか。

「お礼を述べるなら、今度お義母様《かあさま》に直接言ってあげてください」

「それは……いや、そうだな……難しいが、努力しよう」

けれどマーシア夫人のことだから、ロバートに感謝されたらされたで、「あなた、熱でもあるの!?」と言いそうだ。それで彼もまた気分を害し、母に対して言い返すだろう。

二人は口を揃えて「違う！」と否定するだろうが、シンシアにはとても仲の良い親子に思えた。

そんな関係が羨《うらや》ましい、とも。

「……ロバート様。今度、母の実家について来てくれますか」

「ああ。もちろんだ」

一人だと怖い。でも、ロバートとならば――

シンシアは一も二もなく頷いてくれた夫の胸にそっと寄りかかった。

◇

――数年後。

机の上にクマのぬいぐるみが飾られていた。トップハットを被って片眼鏡《モノクル》をかけた、伯爵のクマ。

その触り心地のよさそうな腕を掴《つか》もうと、机の端から小さな手が見え隠れする。あと少し、あと少しで――

「だめよ。アールに意地悪しちゃ」

けれど少年が手にする前に、ひょいとクマは女性に抱き上げられてしまった。彼は大きな紫色の目を瞬《またた》かせ、彼女を見上げた。

「お母様。それ、僕にちょうだい」

母親がいつもクマを大事にしているのを見ていた少年は、アールにうっすらと嫉妬していたが、そのうち自分も一緒に遊びたくなっていたのだ。

自宅の広い庭に、マーシアおばあ様のお屋敷や、もう亡くなっている母方のおばあ様の家へ遊びに行く時に一緒に連れて行って、アールと冒険したい。おじい様や、生まれたばかりの妹に見せてあげるのもいいかもしれない。

とにかく少年は、母が大切にしていたクマのぬいぐるみが欲しかった。

「ね、いいでしょう?」

甘えるように身体に抱きついて必死な声でねだったけれど、母は優しい声でだめと答えた。

「えー。なんで?」

母は少年のお願い事をいつも叶えてくれた。乳母じゃなくてお母様がいいと言えば、絵本も読んでくれたし、夜一人で寝るのが怖いと言えば、一緒に眠ってくれた。生まれたばかりの妹に父や使用人たちがみんな夢中で寂しい気持ちになっても、母だけは変わらず少年のことを気にかけてくれた。

だからこのクマのぬいぐるみも、きっと譲ってくれると思っていたのに。

「どうしても、だめ?」

「ごめんね。これだけはだめなの」

どうして、と同じことを繰り返せば、母はクマを机に置いて、少年と同じ目線になって頬をくすぐった。

「アールはね、お父様がお母様のために連れて来てくれた子なの。だから、誰にも渡したくないの」

大切な子なのよ、と愛おしげにクマを見つめる姿に、ますます少年は諦めきれなくなり、譲ってくれない母に腹を立てた。頬を膨らませて再度抗議しようとすれば、突然ふわりと身体が持ち上げられる。

「なら今度、おまえの友人になってくれるクマを探しに行こうか」

少年を抱き上げたのは、彼によく似た顔立ちの、少年の父親だった。

「本当？」

探しに行く、というのはつまりクマのぬいぐるみを買ってくれるわけで、少年は先ほどの不機嫌さも忘れて無邪気に喜んだ。

「お母様のクマみたいに、名前をつけていい？」

「ああ、いいよ」

やった、と少年は全身で喜びを露《あら》わにして父に抱きついた。

息子のはしゃぎっぷりに両親は顔を見合わせて、笑った。

「約束だよ、お父様！」

「ああ。約束だ」

破らないように指を絡めて、家庭教師との勉強の時間だと告げれば、少年は素直に部屋を出て行った。

残された二人は自然と寄り添い、クマのぬいぐるみを眺める。昔の思い出を懐かしむように。

「アールも、ずいぶんと風格が出てきたな」

ええ、と夫の肩に頭を乗せて、彼女は微笑んだ。

「きみは何か、欲しいものはないの？」

息子への贈り物と一緒に、妻へのプレゼントも彼は所望している。

「あなたが隣にいてくだされば、何も」

その言葉に彼はさっと辺りを見渡して誰もいないことを確かめると、そっと妻の唇を優しく塞《ふさ》いだ。彼の彼女を見つめる目はいつだって優しく、甘い。

「じゃあ、今度二人だけでどこかへ出かけよう」

誘われるのはもう何回目だろう。毎回律儀に約束しようとする彼に、彼女もまた、嬉しそうに小指を差し出すのだった。

濃蜜ラブファンタジー

ノーチェブックス

Noche BOOKS

暴君王子は欲求不満!?

年下王子の猛愛は、魔力なしの私しか受け止められないみたいです

卯月ミント

イラスト：神馬なは

妹に婚約者を寝取られ、仕事も奪われて人生崖っぷちの令嬢アデライザ。そんな折、王子の家庭教師に抜擢されて隣国へ向かうことになる。そこで彼女を待っていたのは傍若無人なイケメン王子様、ルベルドだった。彼はアデライザと同じく魔力なしだが、「魔力を取り戻す薬」の研究中だという。でもその薬にはとんでもない副作用があって——

詳しくは公式サイトにてご確認ください

https://noche.alphapolis.co.jp/

この作品に対する皆様のご意見・ご感想をお待ちしております。

おハガキ・お手紙は以下の宛先にお送りください。

【宛先】

〒150-6019 東京都渋谷区恵比寿 4-20-3 恵比寿ｶﾞｰﾃﾞﾝﾌﾟﾚｲｽﾀﾜｰ 19F
（株）アルファポリス　書籍感想係

メールフォームでのご意見・ご感想は右のＱＲコードから、
あるいは以下のワードで検索をかけてください。

アルファポリス　書籍の感想　検索

ご感想はこちらから

本書は、「アルファポリス」（https://www.alphapolis.co.jp/）に掲載されていたものを、
改題、改稿、加筆のうえ、書籍化したものです。

愛《あい》されていないけれど結婚《けっこん》しました。～身籠《みごも》るまでの蜜月契約《みつげつけいやく》～

真白 燈（ましろ あかり）

2024年 4月 25日初版発行

編集－羽藤 瞳・大木 瞳
編集長－倉持真理
発行者－梶本雄介
発行所－株式会社アルファポリス
〒150-6019 東京都渋谷区恵比寿4-20-3 恵比寿ｶﾞｰﾃﾞﾝﾌﾟﾚｲｽﾀﾜｰ19F
TEL 03-6277-1601（営業） 03-6277-1602（編集）
URL https://www.alphapolis.co.jp/
発売元－株式会社星雲社（共同出版社・流通責任出版社）
〒112-0005 東京都文京区水道1-3-30
TEL 03-3868-3275
装丁イラスト－cielo
装丁デザイン－ナルティス（井上愛理）
（レーベルフォーマットデザイン－團 夢見（imagejack））
印刷－中央精版印刷株式会社

価格はカバーに表示されてあります。

落丁乱丁の場合はアルファポリスまでご連絡ください。

送料は小社負担でお取り替えします。


ISBN978-4-434-33751-2 C0093